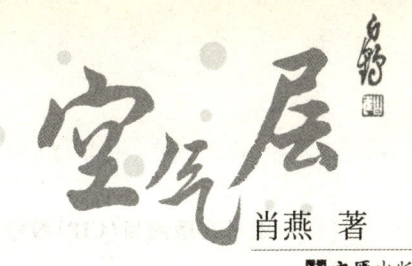

空气层

肖燕 著

文汇出版社

图书在版编目(CIP)数据

空气层 / 肖燕著. —上海：文汇出版社，2020.6
ISBN 978-7-5496-3186-5

Ⅰ.①空… Ⅱ.①肖… Ⅲ.①短篇小说-小说集-中国-当代 Ⅳ.①I247.7

中国版本图书馆 CIP 数据核字(2020)第 073846 号

空气层

| 作　　者 / 肖　燕
| 责任编辑 / 乐渭琦
| 书名题字 / 白　鹤
| 摄　　影 / 黄千惠
| 绘　画、装帧设计 / 薛　冰

| 出 版 人 / 周伯军

| 出版发行 / 文汇出版社
　　　　　　　上海市威海路 755 号
　　　　　　　（邮政编码 200041）
| 经　　销 / 全国新华书店
| 照　　排 / 南京展望文化发展有限公司
| 印刷装订 / 上海颛辉印刷厂
| 版　　次 / 2020 年 6 月第 1 版
| 印　　次 / 2020 年 6 月第 1 次印刷
| 开　　本 / 890×1240　1/32
| 字　　数 / 88 千
| 印　　张 / 5.75（插页 1）

| 书　　号 / ISBN 978-7-5496-3186-5
| 定　　价 / 28.00 元

目 录

1　红墙
12　一个叫姜尚小宇的人
22　纵深地带
37　年小方的大事件
48　部落生活
60　"坏小子"手记
69　我认识你吗
80　三重奏
91　生日礼物
103　街前街后
112　普通生毛里里
122　城堡音符
133　候补没有公式
146　单数女生
154　那个大头
165　盛夏密码
172　纸风景

179　后记

红墙

我住在老区。老区大多是砖房，墙体的白石灰有些已经发黄脱落。墙面上还有不少涂鸦，愈发显得颓败破旧。老泰住在我家隔壁，两家的窗户挨得很近。可是老泰竟然把窗户改成了门，开了小店，卖些日用杂碎和小零食。我在窗前做作业，总能听到老泰的大嗓门。"我泰宝祥能挣几个钱？""我就想把窗开大点，要不然不得憋死！""哈哈哈，别闹了，你想把我逗死啊！"老泰的嚷嚷声每天不绝于耳，他的店门从早到晚地开着，估计进出的人不少。

我装作买东西钻进了店里，想伺机求老泰降降"音量"。

"你小子又去哪儿游荡了？这会儿想起我了！看你的肚子，就剩皮啦！"

我吓了一大跳，头也不敢回，赶紧摸肚子。然后"咚"的一声，什么东西被扔到地上。

我慢慢转过头，看见店门口站着一条狗。我在周边经常看到它。它是有些瘦，但也不像老泰说的那么夸张。狗

定定地望着老泰,然后叼起地上的骨头。

老泰一屁股坐到门前的小竹凳上,摸摸狗的脸,好像有很多话想说,又不知道先说哪句。

"老泰,这个多少钱?"我拿着一包原味薄脆问。

老泰看我一眼。"叫泰叔。没规矩。"他又说,"忘了。超市里卖多少?"

轮到我定定地望着老泰。

老泰大笑,冲我说:"吃吧,不要钱了!"

这老泰!我放下薄脆,逃也似的钻回隔壁的家。"降音量"的事我开不了口。

打这以后,我的书桌上时常会有原味或芝士薄脆,又或是鱼干、肉松饼什么的,我猜是老泰从窗户外偷偷放进来的。虽然想吃,可我还是趁老泰不注意,又放回他的店里。这么一来二去,就被老泰"逮住"了。

"等等,"老泰背对着我说,"你老是跟个贼似的,就不能多待两秒钟?我能把你吃喽?"

我知道老泰的脾气,赔笑道:"泰叔,你这不开店嘛,我哪能——"

"谁说是我给你的!"老泰气哼哼地说。

"不是泰叔,是它们自己跑到我书桌上的?"

"说不定是阿呆干的。"泰叔转头看一下店外。

"阿呆?"我跟着望过去,还是那条狗,正在溜达。原来它叫阿呆。泰叔竟用阿呆顶包,我忍不住笑出声。

"笑什么，阿呆的大名叫泰宏明，可聪明啦！"老泰还用阿呆转移话题。他见我又在笑，就跨出店门，冲狗喊："阿呆！阿呆！"

阿呆回头看一眼老泰，又转头往前跑掉了。老泰好尴尬，叹口气说："一准看见陈小妹了。"

"老陈家的柯基犬？"我问。

"哼，小短腿。哪里比得上我家阿呆。"老泰嗡嗡地说。

"这陈小妹跟个小公主似的，收拾得干干净净。阿呆多脏啊！到处游荡，你也不管管。"我故意逗老泰。

老泰急了，冲我嚷："阿呆多自在，想去哪儿就去哪儿，它不喜欢拘着。那陈小妹出来都是被牵着的，阿呆想跟它玩会儿，老陈都不让！"

这倒是的，阿呆喜欢自由自在地闲逛。它的脸小小的，后背呈中灰色，身形偏瘦，但步子轻快有力，看四周的眼神很专注。别看它个头不大，浑身却透着一股剽悍劲，完全没有戴脖圈的宠物狗的闲适和慵懒。

估计我的话被老泰听进去了。第二天，老泰两手各拎一桶水，又让我拿着香波和毛巾，阿呆则在一旁跟着。老泰边走边教训阿呆："不爱干净的东西，整天就知道疯，弄得跟个泥猴似的。陈小妹它爸能待见你嘛！"

阿呆大概觉得做错了事，在一旁乖乖地跟着。

到了老区边一处较宽阔地，我们在一堵杂草丛生的旧

砖墙前停下。老泰给阿呆洗澡,我给他打下手。我望着我们投射在砖墙上的身影发呆。那墙上的影子疏忽间来回重叠,有种不分彼此的奇妙感。墙根的狗尾草、千金子、蒲公英和雏菊的影子更是相互簇拥,无法割裂。

老泰一边擦洗,一边接着数落道:"整天脏里吧唧的,你无所谓,我的脸可丢地上了!谁都知道你是我儿子!"

阿呆一声不吭。

我心里涌上什么来,又堵在了喉咙口。老泰还是想有一个儿子的,我想。

洗好了,老泰用毛巾将阿呆擦干,又摸一下它脑袋说:"好了,陈小妹来遛弯了,玩去吧!"阿呆刚走,老泰又喊:"别弄脏了!"

老泰一直盯着他"儿子",我说什么,他都是"嗯嗯"地敷衍我。

我问老泰:"别人家的狗每天只是出来散散步,还都牵着,阿呆怎么老在外面转悠,你也不管?"

"阿呆又不是宠物,它野惯了。"老泰说。

"可是,它万一伤了人咋办?"我又问。

"它啥时伤人啦?真是!"

老泰很固执,我知道说服不了他。用现在的流行说法,他这叫放养。好在阿呆除了偶尔冲别的狗叫唤几下,倒没惹什么祸,我似乎也没什么可担心的。我每天回家都会跟老泰打个招呼,如果作业不那么多,我就听老泰讲讲故事。

老泰不管谁从他店口经过,买不买东西,他都会说上几句。音量还是那么大,成了我做作业时的"伴奏"。我还真没想过,老泰要是哪天不嚷嚷了会是怎样。

这一天来得太突然。

我还没到家门口,就看见老泰的小店前站着好些人,唯独不见老泰。我忙问:"老泰人呢?"

有人边摇头边叹着气说:"哎,老泰怎么说走就走,还不到七十。真没想到。"

我蒙了,说:"他走了?"

"老泰为救他儿子阿呆,被卡车撞了。"又说,"说是伤得太重,没的救了。"

我大惊,来不及难过,问:"哪家医院?"

"不清楚。人已经没了。"

我整个人都呆了,也不知道是怎么回到屋里的。我回过神来,窗外已是夜幕笼罩。我没有点灯,我知道老泰的小店也是漆黑的。我望着月亮,发现它其实还没有隔壁小店的灯光那般明亮,看着就像是深夜的一颗暗淡的心。我关上了窗。

我妈今天回来得很晚,她轻轻走进来,摸一下我的头,只说"饿了吧?饭马上就好",就去做饭了。

她一定知道了老泰的事,我想。吃饭的时候我俩都没说话。我初次体会到,人在很难过的时候,是不想说话

的,甚至一个字都不会提。

坐在书桌前,我感觉到特别静,这种静好像有一股力从四面向我挤压过来,我连呼吸都变得费劲了。零星传来的一些杂声也衬托了这里的不同寻常。我似乎听到了老泰的嚷嚷声,然而,他人呢?我的心难以安宁。

门虚掩着,我妈正在厅里给我爸打电话:"我们院的老严昨天夜里去世了。多好的人呀,是累死的。"

我听到一丝抽泣声。

"他可是生物制药领域的权威啊!过两天就会有报道。院长让我起草一份悼词,追思会用。写好了,你要帮我看看。"

然后,一阵沉默,没有听到挂电话的声音。又过了好一会儿,我妈进来,在我桌上放了一杯茶,说:"我们院的老严去世了。这老泰也不嚷嚷了,是个明白人呐。"

"他以后也不会嚷嚷了。"我说。

"他搬走了?"

"嗯……"我不能再说了。

"哎,怎么也不提前说一声。"说完,我妈就出去了。看得出老严的去世让她情绪低落。

第二天,我一放学就去找阿呆,但是哪儿都没找到。它一定很难过吧,我想。

一个老太追上来叫住我,她问道:"凡子,你知道老泰有个儿子吗?"

"阿呆呀。"我说。

"不是的，"她凑近我，语气里的兴奋简直要将原有的悲伤抹去了，"昨天送到医院，他说要见儿子，有人就说阿呆一时半会儿找不到。他急了，嚷嚷着要见泰宏明。我们都觉得他神志不清了，可是'泰宏明'三个字说得可清楚啦！这些年我们只知道他有个狗儿子阿呆，还真没听说过什么'泰宏明'呀！"

"泰宏明就是阿呆。"我说。

"不可能，狗怎么会取这个名字？"老太又叹口气说，"他没说这个叫泰宏明的儿子在哪儿，咋找？"

我看了她一眼，不再说什么。

老区邻居都在议论老泰的死，他们说："老泰人不错，就是倔。""老泰没啥钱，可他不抠。""他对阿呆太放任了！""老泰要不是暴脾气，总可以有个家的。现在也好有个儿子送终啊！唉……"

我坐在书桌前，哪有心思做作业，脑子里全是老泰和泰宏明。

吃完晚饭，我听到电话铃响，应该是我爸打来的。我妈说："嗯，总算写完了。你等等，我念给你听。"一阵急促的拖鞋声后，我听到我妈在朗读悼词。

悼词很长，论证了老严是一位了不起的科学家。我真佩服他。我想象老严工作时神情专注、生活中和蔼可亲。然而，我的想象总是被老泰抢先一步。我妈念着的老严，

到了我这里都幻化成了老泰。

老泰去世了,好像只是小店的灯光熄灭了而已。然而,我望着桌上的笔和纸,也想写写老泰。可是老泰没有像老严那么了不起的事迹,而且他的脾气还很差。我心里真是说不出地难受。过了好久我都没能写出什么来,我想起老泰给我讲的故事。

老泰喜欢讲一个军人朋友的故事。我总是催着他快点讲,他就说:"急啥!听完了不就知道了!"他在故事推进上总是拖沓、啰唆,反复地停留在一些细枝末节上。到后来,我不免怀疑,他之所以讲得那么琐碎,是不是在讲他自己的事?老泰或许当过兵?这个故事一直没有讲完,我也不会再有答案了。

很快,电视里出现了老严追思会的场景,报纸上也整版刊登了老严的事迹。而我,只是同阿呆来到小区外的那堵杂草丛生的旧砖墙前。

我也不知道为什么要来这里。老泰和我不过是在这里给阿呆冲过澡,还坐着聊过天而已。

或许今天是个特别的日子。太阳正以它耀眼的光辉,将这里晕染得绚烂夺目。旧砖墙格外红,红得如此纯粹。墙根的野草丛中,不知不觉又冒出了风铃草、附地菜、点地梅和打碗花,它们竞相怒放,小小的个子也要高歌一曲。

我摘了两朵白色雏菊,一朵让阿呆衔着。阿呆出奇地

没人知道我，但我来过。

安静，望着墙，怔怔地。我蹲下身对它说："我知道你心里想什么。你是想对老泰说，我四处流浪，又脏又丑，你不嫌弃，还收我做儿子，最后又救了我的命。"

阿呆的眼里潮湿了，我顿了顿喉咙，哽咽着说："你心里很对不起老爸，一直挂念他……"我说不下去了。

阿呆轻声咕噜，又扭头东嗅西嗅，然后微微垂下头，滑出泪来。

我和阿呆紧紧相拥。我想起老严追思会的场面，换作老泰的，我一定要在阿呆和我的名字下亲手写上"敬挽"二字。

老泰走了，他的故事也跟着走了。可我还是想知道故事后来是怎样的。我只有猜了，老泰不会怪我吧？我的眼眶发热。

红墙上面映着我和阿呆硕大的身影。如果是老泰，他一定会占满整面墙。我和阿呆坐到红墙根下，墙上的影子又缩回到我们原本小小的轮廓。我靠着墙，暖暖的，就像靠在老泰的背上。

我转头看墙面，上面有些涂鸦，像藏着秘密的符号。下面还有一行小字：没人知道我，但我来过。

一个叫姜尚小宇的人

姜尚小宇上小学四年级下。他住在结香小学隔壁的楼里，每天准时到校。同学说，姜尚小宇家的二楼阳台上要是有架梯子，他十秒钟就能到学校。特别是大冬天，比姜尚小宇早到校的同学很容易就想，姜尚小宇该不会还躺在热被窝里吧？真是揍他一顿的心都有。

这还不是最让大家羡慕嫉妒恨的。从刚入学的时候起，大家就说姜尚小宇这个名字好特别啊！不管哪位任课老师，最先记住的总是他。

每学期都有可能换老师，或者增加一两门新课。新的任课老师眼力再差，也会一眼瞅到名单上的"姜尚小宇"四个字。谁叫他的名字比别人的长，像个长脚鹭鸶一般愣愣地戳在那儿。等到老师熟悉了，大家就会经常听到"姜尚小宇，你帮我把本子拿到办公室""姜尚小宇，你这几个音发得不准确，再好好练练"，还有"姜尚小宇，有活动，为什么不报名啊"。

这些在姜尚小宇看来真不算什么事，老师一样也会叫别的同学。

同学们可不这么想。姜尚小宇,姜尚小宇!哎,我为什么不叫姜尚小宇!估计班里这么想的可不止一个。

姜尚小宇承认,刚读书那会儿,老师动不动就叫他的名字,同学也喜欢找个由头叫他一下。他当时是很高兴的,好像受到了额外的重视。他还一度做了英语课代表和第三小组组长。后来,他自己都忍不住怀疑,这是不是沾了名字的光?

新学期的第一堂课,新的任课老师照例要认识一下学生。姜尚小宇多数情况下依旧会被第一个叫到。然而,现在的姜尚小宇越来越怕被老师叫起来了。老师一声"姜尚小宇",大家都要笑。好像"姜尚小宇"是一个启动开关,这一叫,新老师和大家就算正式认识,可以开始上课了。

好多学期以后,对这样的开学"仪式",姜尚小宇是越来越不能适应了。他只要看见新老师的眼睛像扫描机似的扫着名簿,就会紧张起来。想到名字被老师一叫,全班的人都要笑,他觉得自己就像傻瓜一样。如果新老师没有马上叫他,大家又会习惯性地望向他,好像在提醒老师,怎么没叫姜尚小宇啊!这个时候,他就会愈发紧张。心想,怎么还没叫到我?他反而希望老师快点叫到他,反正都要被叫到,叫完就能松口气了。

姜尚小宇越来越不喜欢自己的名字了。他又不能对谁说,说了也没人信,他们又不叫姜尚小宇。姜尚小宇想,

要是他的名字是姜浩、姜大伟,或者姜小宇,那么他就不会被新老师第一个叫起来了。他可以笃定地坐着,和大家一起笑笑别人,甚至起起哄,好不轻松自在。姜尚小宇对自己的名字感到无奈。他暂且叫自己是姜小宇,再偷偷把全班同学的名字排摸一下,结果很失望,他实在没找出更"好笑"的名字。

这学期教数学的是教研组长欧阳老师,同学们背地里都叫他"欧阳大大"。欧阳老师的数学课上得好,这是公认的。但是,姜尚小宇很怕上欧阳老师的课。他总是被欧阳老师叫起来回答问题,或者上黑板做习题,他真怕自己一不留神把一些容易的题给做错了。还有,下课铃响了,欧阳老师放下书,两手握着讲台的边。在姜尚小宇看来,欧阳老师不是要等铃声停了宣布下课,而是酝酿着要搬讲台。姜尚小宇倒是希望他把注意力放在讲台上。可是,铃声停了后,欧阳老师慢悠悠地抬起一只手,用食指的指关节专注地托一下眼镜,嘴里咕噜一声:"噢,下课了。"每次说完这句话,姜尚小宇都要在心里喊:大大啊,赶紧下课吧!姜尚小宇最烦他还要加上一句:"姜尚小宇,你还有什么要问的吗?"欧阳老师一边说,一边收拾讲台上的教案和道具,最后说:"没有要问的,那就下课吧!"姜尚小宇知道,欧阳老师不过是顺口一说,他嘴里的"姜尚小宇"就好比是"哪位同学"或是"大家"。但是,他还是很恼火,感觉自己是个差生。

有时候，姜尚小宇想：不就是名字特殊点嘛，除了名字，我和大家也没什么不同啊！黑板左下角每天都写着值日的名单，轮到姜尚小宇，名字就会被写成"江上小雨"。姜尚小宇倒是不怎么反感，他觉得这四个字很古雅，像古代诗人的号。后来，这四个字没了，换成雨丝下面加三条水波。名字变成了符号。语文老师看着它说："哟，文字返祖啦！"大家笑，姜尚小宇也跟着笑。事实上他并不觉得这有多么好笑。

到了周五的班会课，班主任裴老师让大家报名参加年级的朗诵小组。周明刚和恬静马上就报了名。武亦全也嚷嚷着要参加，很多人都说他纯属凑热闹，添乱，搞不好还要被告状。最后，不管武亦全怎么坚持，他的名字还是被划掉了。裴老师问姜尚小宇："想不想参加？"有人说："又是姜尚小宇。"还有一些人盯着他看。姜尚小宇连忙冲老师摇摇头，然后到位斗里找东西。回到家，他对黑头说，他其实很想参加。

姜尚小宇很郁闷。他能怎么样呢！他不想太被"关注"，更不想被别人说事儿。可他又左右不了别人的想法，他能做的只有克制自己。不管是分组讨论，还是加入哪个实验小组，或者是什么别的事情，有谁问到他，他都会说："我随便，和大家一样好了。"要么，他就反问别人"你看呢"或者"你觉得呢"。就这样，姜尚小宇除却他的名字，给大家的最大印象就是——随和。

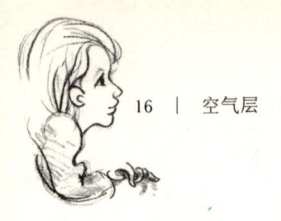

姜尚小宇在家还是很直接的,他问妈妈:"为什么要取这个名字?"

妈妈觉得奇怪,她反问道:"这个名字不好吗?"她把两手搭到姜尚小宇的肩上,说:"你是爸爸妈妈两个人的孩子呀!所以,你姓姜也姓尚。再说,取名字的时候也不可能问你呀!"妈妈停一下,又说:"怎么,不高兴啊?这个名字多棒!"说着,她将两根食指放在儿子头顶上,意思是这个名字头上长角。

姜尚小宇不想说下去了,他知道再说什么也没用。

妈妈尚菁菁是漫画家。她不是在家画画、写故事,就是出门采风和参加笔会,自由得像风一样。爸爸姜成旭在姜尚小宇看来实在无趣得很,不出差的时候,每天回到家,还是坐在电脑前,好像有干不完的活儿。他俩总是轮流出门,姜尚小宇也习惯了。好在家里还有黑头,也算是三口之家。黑头是条狗,它的脸上有一大片黑色,这使它看起来镇定、严肃。姜尚小宇很满意这点。如果他进了屋一屁股坐在地上,黑头就会马上过来,发出很轻的咕咕声,再把桌上的巧克力或者什么叼给他,然后坐到姜尚小宇身边。坐着的黑头看上去很健壮,姜尚小宇趴在它身上,浑身一阵放松。

在家里,爸妈一般叫他小宇,黑头什么也不叫。但是,有时候他的名字又不都是这样简单的。

妈妈有什么很高兴的事情或者姜尚小宇做了什么让妈

妈感到很自豪的事情,妈妈就会叫他"尚小宇";碰到妈妈和爸爸为什么事拌嘴,妈妈也会叫他"尚小宇",这是要让他去助威;如果妈妈叫他"姜小宇",那多半是他犯了什么错,要挨批了。

爸爸倒还好。如果他做错了什么,爸爸会一字一句地说:"姜尚小宇,爸爸要跟你好好讲一讲这个事情。"

不用再往下说,姜尚小宇已经知道事情的严重性了。当然,爸爸的嘴里偶尔也会冒出"姜小宇""尚小宇"来,这多半是开个玩笑,不像妈妈那么顶真。

姜尚小宇和爸妈在一起的时间不多,他希望他俩在家的时候大家都是开心的。他除了做他们的小宇,他也乐得做他们各自的"姜小宇"和"尚小宇",甚至勉强客串一下"姜尚小宇"。

好些日子后,姜尚小宇想:如果没有遇到乌教官,他或许还是同学眼里的那个姜尚小宇,或者爸妈的小宇、姜小宇、尚小宇什么的。

乌教官是军人,学校请他来负责军训。军训时间一到,身着军装的乌教官走了过来。"集合!"乌教官喊。

没人理会乌教官。长假快结束了,大家仿佛还没从热烘烘的暑气中清醒过来。有人喊了一声:"姜尚小宇,你妈今天不上班啊!"大家都看向姜尚小宇家的二楼阳台。姜尚小宇听出是武亦全的声音。有几个人朝姜尚小宇的妈妈边叫边挥手,姜尚小宇看见妈妈也在向这边挥手。他看

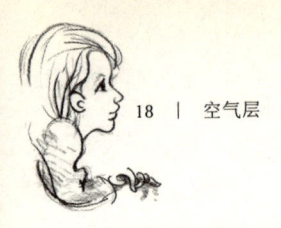

一眼乌教官，乌教官沉着、镇定地站立着，像一棵树那样笔直，眼神更是坚定有力，整个人充满了阳刚之气。姜尚小宇受到了乌教官的感染，他走到自己的位子上，安静地站好，他努力挺起胸，让自己像乌教官那样站得直一点。

"集合！"乌教官又喊了一声，大家这才慢吞吞地往自己的位子上站。姜尚小宇看到，大家乱糟糟地站队的时候，乌教官还是神情严肃地立着，丝毫不受干扰。

"听口令！""立正！"乌教官喊。他又走到大家面前，不时敲打一些人的后背，还说："驼背！""软塌塌！"然后，他喊："稍息！"等把大家稍息的动作纠正完毕，他开始做自我介绍。他说："我姓乌，乌教官。"

有人边笑边说："乌，乌教官，这个音不好发啊！"周明刚来劲了，他嘴形夸张地说："乌——教官，每句话都不超过三个字呀！"听到的人就笑起来。

乌教官神情不变，他走到姜尚小宇面前，拍一下他的肩膀，说："这同学——"再点点头说："很好！"

周明刚说："他叫姜尚小宇。"大家又笑了。周明刚够坏的，他拿姜尚小宇的名字来逗乌教官呢！

乌教官看着姜尚小宇，说："好，小宇。"

有人笑着说："周明刚，你输了。"

姜尚小宇没想到乌教官表扬他。即便乌教官没看见我主动站队，我也还是要这么做的，他想。他感到内心非常轻松自在。他还拿自己的名字来想：叫姜尚小宇也好，不叫姜尚小宇也罢，反正我就是我嘛！

"报告！"武亦全举手。有人小声说："闹事包又想干吗？"

乌教官说："说吧！"

武亦全就说："'乌'字发音太轻了，能不能叫黑教官？"

全班哄笑起来。乌教官晒得黝黑的脸庞和一脸的严肃似乎大大增强了这句话的喜剧效果。

谁都忍不住要笑，连恬静也用手背抵着嘴不停地笑。只有一个人没笑，就是乌教官。大家看着他更觉得好笑。姜尚小宇也在笑，但是他想：乌教官太厉害了！

"严肃点！"乌教官虎着脸，又喊，"不要笑！"他说得太急促，听上去成了"表笑"。大家又是一阵大笑。还有人趁机大叫："表笑！""表笑！"

军训课结束后，大家还都津津有味地聊着乌教官。有人说他太严肃，老板着脸；有人说他冷幽默，把别人逗成那样，自己就是不笑；还有的人说他很可爱、很憨厚，因为武亦全提出改叫黑教官，他居然说："可以！"只有在训练这一点上大家的看法是一致的，乌教官很严厉，但是让人佩服。当大家练得浑身酸疼的时候，有人说是不是乌教官报复啊？还有人求乌教官饶命，乌教官就三个字："伸骨架！"他自己做示范，一大串快速的仰卧起坐后，轻巧地一个腾空，就站起来了。

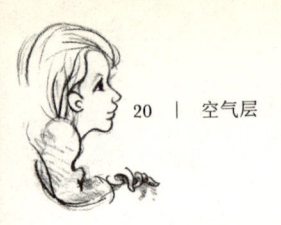

谁能忘得了乌教官呢,乌教官就是乌教官!姜尚小宇想。他觉得乌教官是一个勇敢的人。

他让黑头端坐在床头边的写字台上,自己头朝床尾地躺在床上。他望着黑头,觉得好有乌教官的威严啊!黑头在上面待了一会儿,有点无趣,就发着咕咕的声音跳下来,蹭到姜尚小宇边上。姜尚小宇看一眼它,说:"我知道你是黑头,不是乌教官。"他搂住黑头,又说:"好吧,不愿意就算了。"

让姜尚小宇做梦也没想到的是,妈妈以他为素材画了一本漫画书。怪不得好一段时间,妈妈老是神神秘秘的。当时他想看看妈妈画的是什么,妈妈怎么也不让。她说,看了灵感要溜走的。姜尚小宇知道,漫画总是夸张的。但他没想到,妈妈竟然用了一个一点也不夸张的书名——一个叫姜尚小宇的人。

姜尚小宇拿着漫画书,独自钻进屋子里。翻开后,扉页上写着这样一句话:送给我独一无二的儿子——姜尚小宇。

姜尚小宇很兴奋,也有点激动,这可是妈妈第一次叫他"姜尚小宇"啊!他快速翻开书,有一页画的是姜尚小宇歪着脑袋,两手交叉放在胸前,他正站在滂沱大雨中,头顶上方加了个大大的问号。姜尚小宇闭上眼,给自己留一点想象。他想,如果是以前的他,淋成落汤鸡倒没什么,只要不被武亦全他们看见就行。现在呢,他觉得被大雨浇个痛快是件很过瘾的事情！他急着看下一页：很多行人打着缤纷的伞在雨中匆匆走过，而姜尚小宇呢，像鱼儿一样从伞上自在地游过！旁白是：姜尚小宇想变成一条鱼，他想知道鱼儿在想什么……

这真是出乎意料。但是，他好喜欢书中这个有趣的姜尚小宇啊！他隐隐觉得书中的姜尚小宇和自己还是很像的。

看完后，他合上书，一字一句地对自己说："我是独一无二的姜尚小宇。"

纵深地带

尹叔就住在17.5号。这是个秘密。

17号和18号两幢楼中间隔了不过三米，看起来像不太要好的邻居无奈地挨着，互不理睬。也许靠得太近，两边墙上的小窗都是紧闭着的，拉着帘子，自然不会有谁从中探出脑袋。如果从两幢楼之间穿过，会看到楼的后面有栋破败的矮楼，周围杂草丛生。还有个大水塘，却看不到有鱼在游动。

我承认这两幢楼总是令我不快，它们在我眼里就好像我和廖丹。不知道为什么，我总是把17号楼当作自己。这倒不是因为我住在17号楼。也许是我的身高不及廖丹，而17号楼又比18号楼矮了两层。我多次尝试将18号楼比作自己，却怎么也做不到。

好在廖丹不住在18号楼。他是我的同班同学。课上答题，我常常比他慢半拍，老师自然表扬他。我好委屈，又不是没解出来。还有更烦人的，我叫谭飞，很正常的名字，却被他硬生生取了"小飞毯"这么个绰号。大家都跟着叫,也包括女生,叫的时候还都笑嘻嘻的,把我当成了学前小男生。我真想钻进地缝里去。

我提醒自己别去管廖丹,我又不是他。我总是尽量和他保持距离。可是,偏偏我俩并排坐,中间隔条细细的过道,就像17号和18号楼。老师上课兴致高涨时,就会走到"两幢楼"中间,对着廖丹说:"廖丹,你来说说想法。"我隔着老师的后背,看不到廖丹的表情。好多次考试,廖丹第一,我排第二,名字老粘在廖丹的后面,就像他的跟班,还有点千年老二的意思,心里总是怪怪的。

学校里也就罢了,回家后,我发现廖丹和我还是形影不离。如果我和他考得一样,或者都被表扬了,爸妈就会很满意地点头。要是有什么活动他去了,我没去,爸妈就会说:"干吗不让你去呀!"我说:"我自己不想去。"我说的是实话,倒好像我受了委屈,爸妈连说话的声音也变轻了。

我真不想见到廖丹。每天放学回到我家楼前,我都故意不去看18号楼。

然而有一天,我就这么多看了一眼,发现17号和18号楼之间加了栅栏,突然手拉起了手,看着别扭。可我还是好奇地走了过去。隔着栅栏往里看,两幢楼之间好像是一条被挤出来的通道,因为临近傍晚,暗了许多,却仿佛被拉长了。通道尽头的景色在余晖中显得极为明亮,又有些悠远。天空是橙红的;原本破败的矮楼被涂上了鲜明的

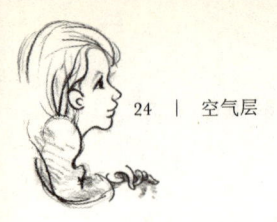

暖色，有了新貌；水塘只看得见中间部分，好似一条河的某一段，在晚霞中波光粼粼，我几乎听到了它潺潺的流水声；原本呆立颓势的树木也仿佛被这光线注入了活力，在风中使劲摇摆起来。我忘了回家，忘了廖丹。我望着通道尽头的风景，好想走进去。那矮楼里住着谁呢？我甚至想。

打这以后，我每天回家前都去栅栏处停留一番，雨天也是。下雨的时候，通道是灰蒙蒙的，看不到尽头，像一幅画被抹去了线条，变得朦胧起来。

尹叔就是在雨天从通道那头向我走来的。他没有打伞，戴了一顶斗笠，身穿浅灰色布衫，围着本白的围巾。雨水好像格外开恩，并没有打湿尹叔的衣衫，他往前走的时候，衣脚和围巾在雨中飘拂。我认出他就是小说《侠踪》里的尹叔。后来，我时常会想，写《侠踪》的人，是不是先看到尹叔在雨中走来的情景，再将他写进小说里去的。

尹叔轻松地推开栅栏，停在我面前。我好激动，脱口就叫了一声"尹叔"。尹叔微笑着将手放在我的肩膀上。我感觉尹叔的手又大又厚，还暖暖的。我看看身后，有人打着伞匆匆走过，没打伞的更是一溜烟地跑了。好像没有人看到尹叔。尹叔接过我的伞，只说："我们走。"他的手一直放在我的肩膀上，好似给我注入了力量，我的步子也变得有力了。我俩走进一片树林，并在水池边找了一块干燥的地方坐下。尹叔知道我所有的事情。我能感觉得到。

"尹叔，你的力气应该很大。"我没话找话，觉得自己有点无聊。和尹叔在一起不说话也很好。

尹叔拍拍自己的肩膀，说："来，把你的手放上。"

我照做了。我感觉尹叔的肩膀和他的手一样坚实。

尹叔冲我笑笑，说："嗯，你的手也很有力气。"

真的吗？我很高兴。爸妈都没这么说过。不过尹叔这么说也许只是想让我高兴吧，于是我说："尹叔的力气才叫大。"

尹叔道："力气大小是看你用没用力。只要肯用力，每个人都是有力量的。"

我愣了一下，笑了。尹叔也笑了。

和尹叔在一起，我不想提廖丹，可还是没忍住。尹叔的眼睛看着水池里的鱼。我知道他在听。尹叔是不会笑话我的，我想。就算说到"小飞毯"，他还是看着鱼，并对着它们微微点头。直到我说完，他都没有打断我。我等着他说点什么。尹叔没有提廖丹，他让我和他一起看鱼。

尹叔指着鱼问我："你知道这些金鱼的名字吗？"我摇摇头，不好意思地说："我只知道它们是金鱼。"不等尹叔开口，我突然指着其中的一条喊："那条叫水泡眼！"还好它被我发现，我暗自庆幸。

尹叔点点头说："没错，它是叫水泡眼。"随后又问我："你喜欢它吗？"看到我兴奋地朝他点头，他说："我也喜欢。"

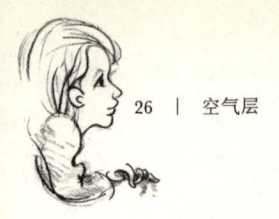

水泡眼朝我们游过来,我和尹叔就冲它嚷,还朝它瞪眼、做怪脸,水泡眼望着我俩,大概明白除了雨滴也没有什么好吃的,就无趣地掉头游走了。

尹叔说:"干吗不都养水泡眼,那多好玩。"

"不太好吧,都瞪着大眼睛,有点吓人。"我犹豫地说。

"这倒是。"尹叔说。我俩都笑起来。

"其实这些金鱼里除了那条水泡眼,还有花手巾,最多的是红鲫鱼。"尹叔边说边指给我看。

花手巾还是挺显眼的。红色的背、金黄的肚子,尾巴像一块镶着白边的丝巾在水中轻柔地摆动。而红鲫鱼粗看都一样,仔细分辨的话,每一条都是不一样的。它们游得欢畅,丝毫没有在意身边的是其他红鲫鱼,还是水泡眼,或者花手巾。如果我家有鱼缸的话,即使里面游的都是红鲫鱼,我也会给它们取上各自的名字,不要认错它们。

天色暗了很多,我得赶紧回家。我和尹叔在17号楼前分手。我看见尹叔打开栅栏,走进了通道。我不担心见不到尹叔,他就在离我最近的地方,比18号楼还近。我在心里给尹叔的家立了门牌号——17.5号,只有我知道。

有尹叔的日子真好,我在17.5号口总能等到他。我会说:"明天考试,估计廖丹又是最厉害的那个。"或者说:"廖丹的数学总是学得很好,是不是他比我聪明?"

"我要是廖丹，我就去参加作文比赛。"

我三句不离廖丹，连自己都烦了。尹叔还好，他只是听着，偶尔会说："不着急，书嘛，读着读着就读懂了。"我听着有些糊涂。有时候我也会回他道："考试嘛，考着考着就考好了。"尹叔对着我笑，口里"嗯嗯"的，也不知道是啥意思。

有时候尹叔会问我："有没有新认识别班的同学？""最近学校有些什么新鲜事？"我要么说没有，要么话匣子打开一说好半天。尹叔听得津津有味，换作别人，早就打断我了。尹叔偶尔也会板起脸问："谭飞同学，你抄过女生笔记吗？""哪有，"然后我坦白，"好吧，抄过。"尹叔大笑："就是嘛！"又说："那，廖丹也抄过？""他应该没有吧，我没见过。"我说。和尹叔在一起我都不怎么提廖丹了，就算尹叔提起他，我也没觉得有多么不快。是不是我对廖丹不像以前那么在意了？

不快的事情还是有的，好在与廖丹无关。我一连好些天都没有见到尹叔。我很着急。我试图打开栅栏，没有成功。我又从楼的另一侧绕到通道的尽头处，一切都还是原来的样子，尹叔应该也不会住在那破败的楼里。

在我快要放弃的时候，尹叔又出现了。他一走出栅栏，我就激动地拉住他的手臂。没等我问，尹叔就解释道，他突然有急事没能来见我。我不吭声，还是拉住不放。尹叔说："怎么，尹叔不在，就不做男子汉了？"我不

好意思,松开了手。

尹叔又站在了我身边,令我踏实许多。我兴奋地想对谁说道说道。路人行色匆匆,谁也没有注意我们。我好失望。

有一个人从尹叔身后闪出来,是廖丹,脸上还是那副漫不经心的笑容。我吃了一惊,他怎么来了!

尹叔看看我,说:"我们走吧。"

我们?也包括廖丹?我和尹叔往前走。我忍不住瞟一眼身后,他居然跟着。我不愿意叫他"廖丹",我也要叫他绰号,可我就是想不出来。我只好冲他叫:"丹廖,你能不能不跟着?你啥时候开始跟踪别人了?"

"我叫丹廖?"廖丹问,见我瞪着他,又说,"好吧,那我就叫丹廖好了。名字嘛,叫什么都行。"

哎,廖丹怎么变了?不过,那副无所谓的口气还是廖丹风格,尤其是他笑的神情,真是再熟悉不过。我白他一眼,说:"你是不是可以走了?"我盼着他赶紧离开。

尹叔看看我和廖丹,说:"同学嘛,一块儿走走。"

我一脸不爽,但也没再赶他走。我们仨在树林里四处走动。因为有廖丹在,好多话都没法说。我故意"丹廖""丹廖"地叫,好让他知道我多讨厌他,可是他却没有叫我"小飞毯",真不知道他是不是廖丹。

第二天在学校见到廖丹,我也不知道哪儿来的勇气,或许是因为昨天他对我的态度没那么自负吧,我问:"昨天干吗老跟踪我们？闲得发慌？"

"什么？我跟踪你们？你们是谁？"他问，又冲周围几个人说，"小飞毯说我昨天跟踪他。"大家就笑。廖丹还冲我撇一下嘴。

我火气大起来，说："有种别耍赖！丹廖。"

廖丹一脸不解，盯着我看了两秒钟，然后说："耍赖？要跟我单聊？好，那就单聊！就我俩。"廖丹越说声音越大。

轮到我想笑。他要跟我单聊？这是哪儿跟哪儿呀！或许昨天那个丹廖不是廖丹？我想。他怎么和廖丹一模一样？还有，他为什么和尹叔一块儿出现？我脑子乱糟糟的。

放学后，我想和尹叔单聊，而那个丹廖又老是形影不离地跟着我们。我只好对他说："我和尹叔要说话，你别听。"他愣了一下，说："哦，好的。"

我拉了尹叔到一边，还是有点心虚的，觉得这么对丹廖是不是过分了？丹廖倒没露出什么不快。我小声问尹叔："干吗老让他跟着我们？"

尹叔看一眼丹廖，笑着说："我没让他跟着我们，他偏要跟着有什么办法？"

"让他走。"我说。

"恐怕难。"尹叔道。"廖丹和丹廖你都不喜欢？"尹叔又问。

好像也不是。我本来是很不喜欢廖丹的,可是今天他说要和我单聊,那股认真劲儿倒也不那么让人讨厌。丹廖呢,算不上讨厌,只是觉得他有点烦,老跟着我们,而且,他看着就是廖丹嘛,那笑起来的样子……

我怔怔地对着尹叔,尹叔却露出满意的神情。他招呼丹廖过来,问道:"你觉得这位谭飞同学怎么样?"

丹廖很开心地笑着说:"我觉得谭飞很会动脑子,说话也很有趣呀!"

哦?他叫我"谭飞",还夸我,我简直不敢相信,而且他好像也没有太在意我对他的态度。我有些不好意思。丹廖笑起来还是和廖丹一样,只是没有那么让我反感了。

"你挺烦人的,在学校还给我起绰号!"我说。

"在学校?起什么绰号?"丹廖一脸认真。

我想起廖丹要和我单聊时的神情。他俩真的很像。可是,丹廖看起来又不像是在装傻,他好像不知道有廖丹这个人。我向尹叔求助,问:"尹叔,我被搞糊涂了,他俩到底是不是一个人?"我边说边看看丹廖。

尹叔说:"那要看你怎么想。"

在我心里,尹叔什么都知道,什么都明白。可是,尹叔就是这样,总是不肯告诉我答案。我用力想,也想不出什么来。

尹叔将大手放到我肩上,说:"你可以想象他们是两个不相干的人,也可以想象他们是同一个人,或者他们都是廖丹,再或者他们都是丹廖。"

尹叔的话像绕口令,我完全没听懂。我有点生气,对尹叔说:"尹叔,你告诉我,我该怎么办呢?"

尹叔摇摇头,说:"不能。不是我不告诉你,这个我也不知道。"

听了尹叔的话我好失望。看我着急,尹叔又说:"廖丹不是要和你单聊吗?看看会发生什么。"

我望着尹叔,再看一眼丹廖,一时无话。

每天,尹叔的话都会蹦出来,敲打我的神经。我在学校居然也看到丹廖了。他要么站在廖丹身后,要么和廖丹并排走来,我都快喘不过气了。我叫:"丹廖,你凑什么热闹!"

廖丹一头雾水,说:"单聊?马上上课了,难道现在就聊?"然后,又左右看看说:"凑热闹,谁在凑热闹?怎么,反悔了?不想单聊啦?"

"谁说要跟你单聊的!"话一出口,我就后悔了。

"你,什么意思啊?"廖丹收起标志性的笑容,生气地说。

我看到丹廖的脸上还挂着笑容。他俩一块儿出现,却看不见对方。我心里一惊,也许另一个"我"就站在我旁边,而我根本不知道?我慌张地看看身边。

放学后,听到一声"小飞毯"。廖丹跑到我身边,和我并排。我往另一侧挪了挪。廖丹又到我的对面,我没有

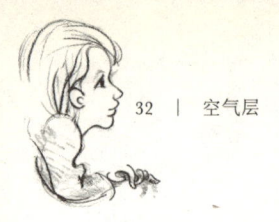

停下,他就倒着小跑,始终和我面对面。他比我高半个头,我能感觉得到他的气息。丹廖也出现了,和廖丹在我面前肩并肩地向后边跑边退。

廖丹说:"我终于想明白了,怪不得你不要和我单聊呢,'丹廖'是你给我取的绰号吧?你可以叫我'丹廖'!只要你高兴。"廖丹还是一脸"廖丹笑"。

我支吾着,有些不好意思。

廖丹又说:"你是不是不喜欢我叫你'小飞毯'?"不等我开口,他就不好意思地挠挠头说:"我就是觉得好玩,你不喜欢我就不叫了。"又严肃地说:"我保证也不让女生叫。"他将两手臂收拢又朝外劈出去。

许是用力过猛,他这一劈,丹廖不见了。我赶紧对着四处喊丹廖。廖丹指着自己的鼻子冲我说:"看这里,丹廖在此。"

看着他的样子,我忍不住笑了。我发现丹廖还在。他和廖丹融合到了一起,还是原来的笑容,我却同时看到了廖丹和丹廖。我不知道要不要将我见到过的丹廖讲给廖丹听,他会相信吗?一个和他长得一样,又不认识的人,他们会成为朋友吗?

我停下步子,说:"我不介意你叫我'小飞毯'。"或许,那个叫小飞毯的"我"正在和我合体,我想。

廖丹听了很高兴,两手放我肩上,说:"好!小飞毯。"

好宁静啊!
我第一次听到了自己的脚步声,"哒、哒、哒",像乐器打出的节拍。我竟跟着它哼唱起来。原本那首熟悉的曲子,竟化成了全新的歌。
前方会有怎样的惊喜呢?

我想把我和廖丹"和好"的事告诉尹叔。可是,我在栅栏口等了好些天,尹叔也没有出现。难道他又有急事?我相信能见到他。我没有去想尹叔如果不出现会怎样。

很多人从17.5号前面匆匆来去,顾不得朝里望一眼。而我知道尹叔就住在里面。

我试着打开栅栏,它竟然开了,我走进去。通道的空间和我在栅栏口看到的很不同,它像长长的圆形管道,很大,散发着乳白色的光。走在里面,仿佛自己缩小了许多。栅栏外那些嘈杂的声响钻进了通道,传来深深浅浅的回音,我听得有些疲惫。幸好通道并不很长,我看到尹叔正站在尽头处。我舒了一口气。

见到尹叔,我兴奋地说了我和廖丹的事。尹叔只是听着,不住地点头,想必他早就知道了。待我终于说完,想听听尹叔说点什么,而尹叔却微笑着将手掌放到我肩上,带我来到楼后。哇!居然又是一条通道!望不到尽头。瞬间,我感觉自己就快变成一只气球,轻得要飘进通道。我稳住身子望向尹叔,问道:"我们还要往前走?前面有什么?"

尹叔点头说:"嗯,还往前走,走到前面就会看到有什么了。"尹叔将手从我肩上挪开,又说:"你得自己走。尹叔在这儿看着。"然后,示意我独行。

我赶紧抓住尹叔的袖子,生怕会飘走似的,小声问道:"什么?我自己走?"

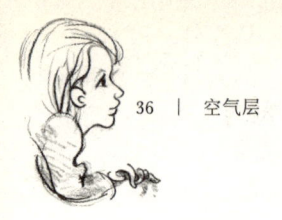

尹叔道:"对。这是属于你的通道。尹叔要是一起走,就看不到什么了。"

我望着尹叔,不知道该说什么。

尹叔慢慢松开我的手,朝我后背拍了一下,说:"去吧,前方你一定想象不到!会让你惊叹的!"又说:"尹叔等着听你的发现。"

尹叔的手掌和尹叔的话,充满了力量,驱逐了我的胆怯。

我好奇地沿着通道向前,没有回头。我知道身后有尹叔的目光。我感觉被注入了能量,脚步愈发有力起来。我一路向着纵深地带去。

好宁静啊!我第一次听到了自己的脚步声,"哒哒哒",像乐器打出的节拍。我竟跟着它哼唱起来。原本那首熟悉的曲子,竟化成了全新的歌。

前方会有怎样的惊喜呢?

年小方的大事件

年小方和麦小铎同岁。他俩在同一所小学读书,只是不同班。他俩还住同一幢楼,麦小铎住楼上,年小方住楼下。

这里要特别强调一下年小方的性别:男。当然,麦小铎也是男生。但是在麦小铎眼里,普通得不能再普通的事,到了年小方那儿,就会变得很不一样。哪里不一样呢?麦小铎说不准。这绝不是麦小铎语文学得差,而是在麦小铎看来,年小方的脑筋和别人不太一样。

从年小方的名字不难推出年小方的小名。年小方的小名确实是小方,或者方方。这种大名和小名抱得很紧的做法是有好处的,这样比较好记,不容易搞错。

起初,年小方对自己的小名也没太在意,后来只要他妈妈一喊,他就很反感,尤其是在麦小铎家的时候。他妈妈做完了饭,就会站在楼道,冲楼上麦小铎家喊:"小方,方方,下来吃饭啦!"

按理说,这挺正常的,麦小铎也没觉得哪里不对,他

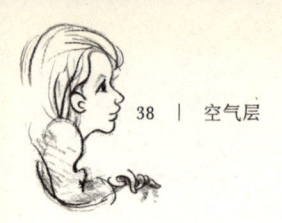

总是催年小方赶紧下去。有时候还会先开了门,替年小方应一声。年小方看上去却显得不怎么高兴。他不但不赶紧下去,反倒磨磨蹭蹭的,嘴里还含混地嘟囔:"叫那么响干吗?全楼都听见了!"然后,很不情愿地下楼去了。

年小方总是这样,让麦小铎很纳闷。有一天,他终于问年小方:"你妈叫你吃饭,你干吗不高兴啊?"

年小方瞥一眼麦小铎,然后拿后脑勺对着他,说:"你不觉得我妈把我叫得女里女气的?难听死了。"

年小方这么一说,麦小铎愣了一下,随即笑出声来。他的脑子里再现了年小方妈妈叫他的声音。不管是叫"小方",还是"方方",后面那个"方"拖得长长的,好像要强调一下它的后鼻音。

"妈不都是这么叫的嘛!"麦小铎说着,还嘿嘿笑。

年小方没好气地瞧着麦小铎,说:"你看你,你妈整天'铎铎''铎铎'地叫,你都快变成女的了。"

麦小铎还是好脾气地说:"那怎么办?名字也不能改啊!要不,换个叫法?"

没等年小方发话,麦小铎说:"总不能叫你'老年'吧!"

年小方盯着麦小铎看。麦小铎使劲憋着,不让自己笑出来。

年小方说:"不好!"

他想起有天爸爸回来,一进门就凑近门镜看了好一会儿,还摸着脑瓜顶上不够茂密的头发自言自语:"这冯婆婆也真是的,叫我'老年',我有这么老吗?"也难怪,爸爸今年还不到四十岁。

"还是做老方好!"年小方好像找到了那个喜欢的自己,他安静地坐下来。

麦小铎一听,说:"这个好,我叫你'老方'?"

年小方笑笑。

在麦小铎看来,这算什么事嘛,年小方弄得跟真的似的。麦小铎觉得自己比年小方的妈妈都知道得多,不免有点得意。很多时候,他觉得年小方脑筋搭错的时候很有趣。

每天放学,没什么特殊情况,差不多都是麦小铎和年小方结了伴,然后随麦小铎的爷爷一起回家。大多数时间两人在麦小铎家做作业,有时候也在年小方家。

只要在年小方家,没爷爷看着,麦小铎就不好好做作业,他在年小方的屋子里晃来晃去。

他最喜欢看墙上的日历。麦小铎对那上面的印刷日期不感兴趣,反正明天要干什么,或者下周怎么怎么的,总有老师和班干部来提醒,忘了,或者干得不好,也会有人在你屁股后面攥着,直到完成、过关。

年小方家日历的空格里有很多记录,比如:语测95;英小测91。字很潦草,却不肯放过每个空格。麦小铎不用猜,就知道这是年小方妈妈写的。你想,年小方自己会

写"没过罚抄"吗?

麦小铎最感兴趣的,还不是年小方妈妈写了什么,而是镶嵌在他妈妈字迹中的一些图形的意思。上上周的星期四的空格里,在"数学潦草 漏做两题"的字迹下,有一个圆形图案,他知道这是年小方画的。圆形里面有网状的弧线,像个抽象的图形,又圆溜溜的很立体。

他问年小方:"这是什么意思?"

年小方扫一眼麦小铎,有点得意地说:"你又不是不知道。"接着做他的作业。

什么事呢?麦小铎恨年小方卖关子,又忍不住好奇,就拼命想,连作业都没心思做了。

年小方看着他,坏坏地说:"要是那么容易看破,我还画个啥劲啊!"

麦小铎不甘心,接着想,终于想起来了。他大叫:"我知道了,是——"

没等麦小铎说出是什么,年小方赶紧"嘘"一下,朝门口看了看。

这件事,在麦小铎看来真算不上什么要保密的大事情,不就是那天下课后踢了足球嘛!

麦小铎对足球没兴趣,体育课上踢足球他还没及格过。年小方笑话他脚头子太软。

那天放学,年小方被足球队的人叫住,说缺一个人,能不能帮忙练练?

年小方非常喜欢踢足球，要不是妈妈反对，他或许也加入了球队。妈妈也不是一味反对，她答应年小方放假的时候可以多踢。

让年小方不爽的，不光是不让课后踢球这件事，而是有一天，他无意中听到妈妈同爸爸私下说的话。妈妈说："方方心气高，球踢得一般。平时上课锻炼锻炼还行，要是进了球队，老做候补的话……再耽误了功课。"

年小方听了很生气，他想冲他们喊："踢得不好怎么啦？多踢踢不就好了。"但是，年小方没吭声，有点泄气。他不过是喜欢踢球而已，没想那么多。

那天被叫去踢球，年小方还是有点得意的，没叫别人，只叫他年小方，说明他踢得不错嘛！

虽然只是临时替补练球，年小方踢得还是很带劲的。开始还努力传球，到后来左攻右进，连破对方防守，进得一球。

场上没几个观众，年小方认识的只有麦小铎和他的爷爷。年小方进了球，场上冷冷清清的，连麦小铎都没什么反应。可是，年小方非常兴奋，他把学校周边来来往往的汽车声及其他嘈杂声当成了欢呼声，他甚至觉得自己已经体会到梅西、C罗进球的快感。

这次进球对年小方太重要了，他把它画在了日历上。他没敢说出来。看着妈妈虎着脸在日历上写的字，他偷偷地笑。

好一阵子,日历上那只明晃晃的"球",让年小方不管做什么都劲头十足。

年小方记得,那天他妈妈盯着那只"球"看了好一会儿,像是仔细地研究了一番,然后问年小方:"干吗要画它?"年小方就回一句:"好玩。"

破了年小方的秘密,麦小铎很得意,他当然会替年小方保密,他是年小方的同盟军嘛!他要上楼的时候,正好碰到年小方妈妈进门,他朝年小方瞥了一眼,一脸的神秘。

妈妈就问儿子:"麦小铎怎么神神秘秘的?"

年小方看着作业本,嘴里说:"他就喜欢这样。"

吃饭的时候,妈妈照例要问些学校的事情。年小方说:"烦不烦啊!老师说吃饭说话对肠胃不好。"

妈妈说:"你才让人烦呢!什么时候我能省心啊!"边说边往年小方的碗里夹菜。

年小方不吭声了,他知道妈妈很累。爸爸回来得晚,妈妈每天都要赶着回家煮饭,还要检查他的作业,签字,看看挂历就知道了。妈妈说,写得多一点,不只为了督促儿子,也是为了督促自己。挂历的空格里总是密密麻麻,一个标点也没有。

好在年小方时不时在密密麻麻的字迹中添点色彩。他发现自己画的画,不光让麦小铎好奇,妈妈似乎也越来越感兴趣了。

这天,年小方一回来就在当天的日期空格里画了一个圆,几乎把空格撑破。他用的是粉蓝色,光溜溜的圆上只有两道平行的弯弯的线条。

妈妈不知该在哪儿落笔了,她觉得年小方在和她作对。她盯着儿子的"作品",问:"你又搞什么名堂?这是谁的脸?没鼻子没嘴的,还是个秃头。"

年小方说:"谁说就是脸了?"

"不是脸,那就是表情记号啦!看来你今天蛮高兴嘛,说来听听。"

"高兴的事?"年小方问。

"这不是笑的样子吗?"然后,她像判官似的说,"说吧,什么事这样高兴?"

年小方想:不妙,被妈妈看出来了。但是他不想说,他觉得这件事说出来会难为情的。

他对妈妈笑笑,说:"你猜不到的。"就埋头做作业了。

年小方还觉得,不说出来好像更开心。就算妈妈再罚他多做题,他也不在乎。

年小方今天真的很高兴,日历上画的就是他的好心情。当然这也是年小方对惠明佳的印象,惠明佳的眼睛笑起来就是这样的。不过呢,没把惠明佳的头发画上去,年小方觉得有点对不住她。

惠明佳是年小方的同学。班级里有一半是女生,年小

方和女生是玩不到一块儿的。年小方老嘲笑麦小铎太文气,总有女生找他说话。惠明佳过来和麦小铎说什么的时候,年小方感觉惠明佳把他当空气,年小方也没什么,他又不是麦小铎。

今天放学,年小方又被校足球队叫去帮忙练球。麦小铎和爷爷在场外坐着等他。年小方看见惠明佳也过来了,一直待到他踢完。

年小方知道女生不爱看球,惠明佳只是过来和麦小铎聊天而已。他踢球的时候,他俩一直在说笑。年小方很高兴,这下麦小铎就不会老催他快点走了。

年小方踢得很爽。走的时候,惠明佳对他说:"年小方,你踢得真好!看得过瘾。"说完还咧着嘴笑。

年小方没想到女生说他球踢得好,原先总以为女生都不怎么喜欢足球。年小方发现惠明佳笑起来眼睛像两条弯弯的线,挺好看的。回到家他就把惠明佳的眼睛画到了日历上。

麦小铎点着它,追着问这是啥意思。年小方不说。麦小铎直呼没劲,不肯坐下来做作业。

年小方就是不告诉他。

日历一天一天地写,一页一页地翻过去。每一张上都会有一些画,像时间的点缀。它们也像密码,不为人知,甚至也没有破解的必要。但对年小方来说,这都是他的大事件,有了它们,日子好像变得很不一样。

这天,妈妈做好了饭,菜比平时丰盛。爸爸也早早回来了,他看着一桌的菜问:"啥日子啊?这么多好吃的。"

妈妈也不回答,她冲着年小方的房间喊:"老方!吃饭啦!"

爸爸惊讶地问:"老方?谁是老方?"

年小方很快从里屋跑出来,望着他妈发愣。然后,他想:难道是麦小铎告的密?

妈妈对爸爸说:"小年,今天最大的事是请咱家老方吃饭。"说完,她郑重地叫老方和小年入座。

这顿饭,年小方吃得很爽。吃完后,他对着日历,在当天的空格里用粉蓝色画了一个圆和两道平行的弯弯的线条,然后在弯弯的线条下又添了两笔,笑脸浮现了。

他还是没画头发,因为画里有身边所有人的笑脸,包括他自己。

部落生活

小吉醒了。它没有听到艾婆的脚步声和说话声,它是被别的声音吵醒的。

小吉知道这是街上的声音。平时都是隔了艾婆家的玻璃窗传进来的,远远的,像是不好意思打扰小吉安宁的生活。

奇怪,四周墨墨黑,那些个声音好像是从扩音器里传出来的,简直成了巨响。汽车开过,发出一阵碾压之声,小吉吓得浑身发抖。

定了定神,小吉在绒垫子上翻过身,立起来,头上碰到了盖子。顾不得去想为什么会有个盖子,它的头顶了一下,露出了脑袋。

原来天已经亮了。哎,怎么是在外面?小吉每天都在艾婆家的阳台上看外面。艾婆身体越来越差,已经好久没带小吉出来了。它看见有人匆匆忙忙走过去,看见车子急吼吼地飞过,就是没看见艾婆。小吉还发现这外面不是艾婆家的外面,这是哪里呢?它心一慌,头又缩了回去。

等到小吉再次将头探出来的时候，它吃了一惊，"喵"地叫出了声。

它的面前立着两颗猫头。一颗白，一颗黑。白的脏兮兮，黑的很干净。小吉傻眼了，头上的盖子像只乱了尺寸的帽子仓促地扣在脑袋上。

白的说："我是团子，它是俏丫头。你是谁？"

小吉看一眼乌黑的俏丫头，忍不住想笑。

俏丫头淡定地看着小吉，好像说，有什么好笑的。

小吉说了自己的名字。

团子和俏丫头的出现，暂时冲淡了小吉的不安。

小吉看见远处又过来一只猫，大摇大摆的。走近些了，小吉听到它喊："俏丫头，看到酷老爹了吗？"

俏丫头扭身冲它摇摇头。

团子对小吉说："那是花疤。"

不用团子多说，小吉就知道它为什么叫花疤了。这花疤身上有多处伤疤。

"多亏有花疤呀！"团子看着小吉茫然的神情，又说，"以后你就知道了。"

"嗨，骨溜溜！你又想吓谁？"团子突然冲着小吉身后喊。

小吉赶紧回头，看见又一只猫就站在身后，小吉吓了一跳。

骨溜溜盯着小吉看了一会儿，又看一眼团子，然后冲

小吉"嘿嘿"笑笑。

花疤走到跟前,还扯着嗓门问:"谁见酷老爹了?我哪儿都找不到。"

"老爹又不是你的跟班。"俏丫头打趣它。

"花疤找老爹,是急着要开饭吧!"团子说。

"嗯?有好吃的了?"骨溜溜激动地凑上来。

花疤没搭理骨溜溜,它发现了小吉,就走到小吉跟前说:"耶,团子二号。从地里冒出来的?"

团子说:"这是小吉。"

"哦,小吉。"花疤对着小吉看了一会儿,然后问,"饿不?"

小吉点点头。

花疤又冲着大家喊:"走喽,找到老爹就开饭啦!"

大家听了赶紧跟着花疤走。

小吉边走边想,如果没有那些伤疤,花疤还是很好看的,它真像艾婆家挂历上的奶牛。花疤一定受过不少苦呢!小吉替花疤难过。不过呢,小吉又想,这些伤疤很像勋章,衬得花疤跟个猫将军似的。

一旁的团子很兴奋,说:"花疤又找到好吃的啦!"然后瞥了骨溜溜一眼,说:"哪像骨溜溜,有好吃的尽偷偷摸摸……"

不容团子往下说,骨溜溜赶紧把话抢过去:"哪有!我什么时候偷吃了?"说的时候它的眼睛望着地面。

小吉还真有些饿了，它好想吃一顿生鱼杂拌饭啊！

穿过一片灌木丛，花疤喊了一声："酷老爹在那儿！"

大家迎着酷老爹走去，酷老爹也朝着这边过来。走近的时候，小吉看到它松弛的肚子像只空空的皮囊，随着缓慢而沉稳的步伐，那肚皮跟着摆动起来，都快擦到地面了。到了跟前，酷老爹用含混的眼球温柔地望着小吉，这让小吉又想起了艾婆。小吉的喉咙口像被什么东西哽住了。

花疤告诉酷老爹，小吉是从地里冒出来的。

老爹点点头，说一声："孩子们，吃饭吧！"

花疤带领大家到一个垃圾箱附近的庇荫处，翻出了一包丸子。大家一窝蜂地拥过去，争着吃起来。团子叼了两个给小吉。小吉闻了闻，没有鱼味，只有一股臭烘烘的味道熏着自己的鼻子。小吉看着面前的丸子，没有动。

骨溜溜凑过来，问了一句："你不吃啊？"就快速地把丸子叼走了。

到了晚上，小吉才后悔没吃丸子。它终于明白，再也见不到艾婆，也吃不到她做的好吃的饭菜了。

小区各家各户的灯都亮了起来，那灯光和小吉离得很远，只有冰冷的晚风一个劲儿地往身体里钻。小吉忍着饥饿，躲进了它的盒子里。团子和俏丫头也蹭了进去。

盒子很快就变形了，但它还能挡点夜晚的风寒。盒子被藏在了树丛里。

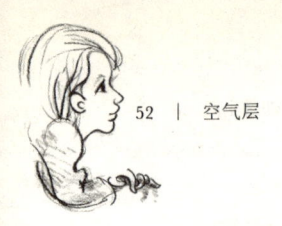

慢慢地,小吉淡忘了在艾婆家的那些生活,也不怎么去想为什么会来到这里。它学会了醒来就四处寻找食物,也知道了什么是忍饥挨饿。为了躲避危险,小吉有时不得不爬很高的树和墙,它不再害怕,害怕有什么用?小吉跑得越来越快,比团子都快。它还学会了打架。小区里经常会有广场那边的猫过来,为了不被赶走,只有和酷老爹、花疤它们一起,去和那些猫拼命。

时间一久,小吉觉得自己原本就属于这里,这里就是它的部落,它和团子、俏丫头及酷老爹它们就是这里的原住民。每天的寻觅、追跑、打闹、嬉戏,让小吉觉得自由、畅快。能这样和大家在一起,它真是心满意足。

小吉以为,以后的生活就是这样了,它觉得这没有什么不好。

就在这个时候,酷老爹死了。

外来的猫闯进了部落,咬伤了花疤,酷老爹为救花疤拼命扑了上去……等到花疤把大伙儿都叫来,酷老爹已经不行了。大家都沉默着,只有小吉忍不住痛哭起来。

小吉怎么也没想到,可亲的老爹会突然离去。在小吉心里,老爹就是部落的酋长,和艾婆一样好。小吉感觉失去了依靠,心里不光难过,还很害怕。

大家把酷老爹搬进了小吉的纸盒里,再盖上破烂的纸盖。纸盒早就不成形了,但好歹让酷老爹有个安睡的地方。它们这么做的时候,并不显得潦草,反而像在举行庄严的仪式。做完了,大家就守候着酷老爹,谁也没有离开。

清晨,清洁工发现了纸盒。她没有掀开看,只是用力一铲,然后走近清扫车,再一抛,纸盒沿弧线沉重地落进了车里。

纸盒被抛向清扫车的时候,小吉看见纸盒包着酷老爹在空中飞扬了一下。它忍住泪水,同大家一起跟在车后,为酷老爹送行。

早起的人们看见这样的场景,不知道发生了什么,他们怔住了,停了下来。这更加重了凝重的气氛。

再也见不到老爹了,小吉心里充满了忧伤。

"老爹老喽!"酷老爹每次吃力地做着什么的时候,都会对小吉或者谁说上一句。

小吉知道酷老爹一直都很苦,到后来,牙也快没了,腿也跑不动了,又有伤病。可是,酷老爹总是乐呵呵的,还反过来照顾大家。

小吉想起酷老爹说过的话:"老爹要是死了,下辈子就不做猫喽!"

小吉就问它:"那老爹要做什么?"

酷老爹停了一下,然后说:"等老爹想好了再告诉你。"

小吉想:不管变成谁,老爹还是老爹嘛!

小吉的心情平静下来后,经常会想起老爹说过的话。

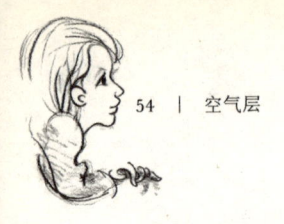

只是小吉还是遗憾,老爹一直也没有说下辈子的事。

小吉想,等到自己也成了一只老猫,那个时候一定要想想下辈子的事。不过,说不定到那个时候,就能知道老爹当初是怎么想的了。这么一想,小吉心里热乎乎的,好像有了期待。

可是,小吉没有想到,谁又能想得到呢?小吉最终也没能成为一只老猫,更没有机会体会酷老爹当初的想法了。

小吉每天都走在自己熟悉的路上。然而,总有想不到的事情在路上等它。

那天,小吉远远地看见团子站在前面的路口。离团子不远处立着一个人,好像正在对团子说着什么。小吉认出那个人是艾婆的侄女冰姨。小吉很纳闷,冰姨是在向团子打听我吗?她怎么知道我在这里?小吉知道冰姨不喜欢自己,每次上艾婆家,她对自己都是不理不睬的。

小吉还是走了过去。它听见冰姨对着团子说:"小吉呀,跟我回去吧!"

原来冰姨把团子当成我了,小吉想。它没有停下步子,而是直接从团子的身后走过。

冰姨看了一眼小吉,接着对团子说:"艾婆去世了,你不去看看它?艾婆嘱咐过我,一定要把你找回去。"

小吉听说艾婆去世了,它停了一下,没有回头,然后钻进了路边的灌木丛。想到和艾婆在一起的生活，小吉心里非常难过。但它没有痛哭，而是沉默，就像酷老爹去世时，团子、俏丫头们那样。

冰姨急躁起来，嗓门也越来越大。她冲团子喊："我说小吉，快跟我回去吧！"说着就去抓团子。

团子闪开了。冰姨停下，又对团子说："我知道不该把你放在这里。可是，我能怎么办呢？你艾婆病重，我得照顾她……"说着，又着急起来。"来，小吉过来！跟我回去看一眼艾婆，"她停顿片刻，又补充一句"以后我照顾你"，就突然扑向团子。

团子慌了神，差一点被冰姨抓到，它用力跑起来。团子比小吉胖一点，跑得没小吉快。冰姨看来是豁出去了，在团子后面紧追不放，还喊着前面的人帮着抓团子。

小吉一直跟着他们。眼看团子快被抓到，小吉急坏了，决不能让冰姨带走团子！小吉屏足力气，往前追。快要赶上团子了，小吉冲它喊："团子，快过来！"

团子听到小吉喊，就嗖地钻进了小吉一边的灌木丛。小吉也进了灌木丛，然后再冲出去，拼命往前跑。

冰姨还是紧追不放。她气喘吁吁地喊："小吉，别跑了，跟我回去吧！我得跟你艾婆交代呀！"

小吉没有停下。它并不觉得是在逃跑，它只是不想就范。此刻，小吉比任何时候都清楚，自己是在向着前方奔跑。快到路口了，小吉想喘口气。它回头望了一眼，冰姨

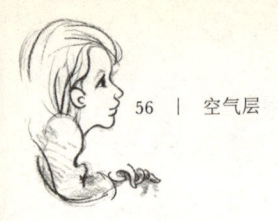

已经被远远地甩在后面。小吉刚想停下,不料斜后方开过来一辆车。车主没有防备,看到小吉,惊慌得猛踩刹车,一阵刺耳的长音仿佛终止了时间的流动。小吉被一股巨大的力量撞倒,它无法再往前了。

团子跑过来,拼命喊小吉。小吉静静地躺着,再也不会醒来。冰姨赶到,还有一些路人也围了过来。

团子冲冰姨喊:"你把小吉扔了,又来找它干吗?"

冰姨听不懂团子在说什么。当她看到团子后,脸上原本难过的表情很快平复下来。她再看一眼躺在地上的小吉,激动地对团子说:"小吉,你没事就好!"说完,她想了一下,又说:"我改天再来找你吧!"接着又像是在自言自语:"我总得对你艾婆有个交代呀!"

冰姨不知道那天离开的是小吉。她后来又来过几次,没有找到团子。

花疤带着大伙儿在部落里继续生活着。它们也不怎么提起小吉。

小区入口的墙上贴了一张"寻猫启事",每天很多的人进进出出,是不是看到了那上面的猫,就不得而知了。但是,它的伙伴们知道,这张"寻猫启事"上印着的,是一只再也不会变成老猫的叫小吉的猫。它们很想知道,小吉现在有没有见到老爹?还有,老爹有没有告诉小吉它对于下辈子的想法?

小吉一点也不孤单,
它守候着它的部落,
部落的同伴们也守候着它。

小区入口附近的犄角旮旯、树丛、杂草里，总有滴溜溜的眼睛注视着"寻猫启事"。小吉一点也不孤单，它守候着它的部落，部落的同伴们也守候着它。

路过的人经常会看到，一只浑身都是疤痕的难看的猫，或是一只乌黑漂亮的猫在那里一闪而过。

"坏小子"手记

坏小子，指的是我。我可不想被叫作坏小子。可是，这么叫的偏偏是我爸。如果只是叫着玩，我也没什么。我被他叫成坏小子，都是在他气呼呼的时候，多半还要拧我的耳朵。

在我一、二年级时，我爸一时高兴，说教我几手防身术。刚开始，其实也就是摆几个动作，挺酷的，我没两天就记住了。怕被别人破了招数，我偷偷将防身术要领写在本子上，以便以后勤学苦练。我把本子藏在了我的衣柜里层。我真搞不懂，我爸只是片警，怎么这么快就逮着了我的本子？"你这小子！我教你两招是让你去打架的？"我爸虎着脸。他没骂我坏小子，我没跟人打架嘛！嗨！我真不该在本子封面上写什么"打架武功"。我垂头丧气的，爸爸却舒了一口气，好像他及时地制止了我的打架念头。

我想，爸爸叫我坏小子，都是因为我老给他惹祸，让他在老师面前丢脸。其实我也不想这样。班主任小毛老师动不动就把我爸请到学校。小毛老师笑起来很好看，可惜对着我一个人的时候，就成了老毛老师。我不喜欢她这样，又没法说出来，哪有学生给老师提意见的？我知道，这都是因为我常给老师惹麻烦。虽然小毛老师从来没有说我是坏小子，但我从她生气的眼睛里，看到了"坏小子"三个字。

我真是坏小子吗？我总也想不明白。没办法，我只好把它写下来。我想，我想不明白，是因为我还太小，也许长大就懂了。还有一个好处是，写下来之后，就像去邮局打了包裹，寄给以后的我。这样，就不会时常去想了。

为了防止再出现"打架武功"事件，我不写日期，天气嘛，随我的心情。要再被我爸逮着，就说写着玩呗。

风力三到四级转八到九级，阴天

那天的事情刚开始和我没什么关系，后来……还好，小毛老师没把我爸叫来。

吴季那个胖子，学习不咋的，瞧他那狂劲！家里有钱就了不起啊！干吗老找赵多多麻烦？就因为赵多多老实？中午，我亲眼看见吴季把赵多多的橡皮扔来扔去，还拿手臂在他面前乱挥一气，趁势撩他的脑袋。赵多多忍住了，没瞧吴季一眼，离开了教室。我想，这下吴季也该消停了，没想到他趁大家忙着去吃饭的当口，把教室后角落那把瘸腿的椅子偷偷搬过来，换给了赵多多。瞧他那得意劲儿，我真想上去给他一拳，但是我忍住了。在班里，谁要惹了他，那可是没完没了的烦。他那个穿皮夹克、戴金表的爸

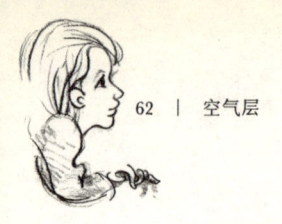

爸,不光嗓门大,还杀气腾腾的。小毛老师都有点怕他。然而,我还是趁四周没人,又将那把椅子挪给了吴季。

下午刚放学,吴季的爸爸来了。

"都别走!是哪个兔崽子干的?"吴季的爸爸块头大,像个门神,活活把教室门给堵死了。

我混在人群里,生怕被揪出来。我浑身是嘴也说不清啊!明明是吴季先把断腿的椅子换给赵多多的。要是说出来,有谁为我做证呢?吴季的爸爸还不把我吃了!

小毛老师板着脸,我感觉她是冲着我说的。"是谁恶作剧啊?别以为老师不知道!给你两天时间,想清楚了来找我!"她又转向吴季爸爸,"实在对不起呀,发生了这样的事。我会了解情况,把事情处理好的。"

吴季爸爸又嚷了好半天,看看实在找不出"凶手",只好气呼呼地领着吴季走了。

吴季摔一跤是意料中的事,可他偏偏脑袋还磕到后面同学的桌子上。我望着他剃得跟青皮似的后脑勺上鼓起的大包,并没有觉得很开心。

小毛老师没有再提这件事,她把破椅子给收走了。好些天,我都觉得小毛老师上课总是盯着我,好像她什么都知道。

晴天,转大雨到小雨

过完周末,我迫不及待地上学了。自打姓冉名冉的同学在教室窗台摆了十个圆溜溜、还画了眼睛嘴巴的手工陶碗后,我一进教室,总要先去看上一眼。每一个碗里都躺着一片叶子,据说是她爸从外国带回来的,俗名叫不死草。冉同学在叶子下很老练地垫上餐巾纸,又浇了点水。说只要有水有阳光,用不了多久叶子边就会长出芽根,生出新的叶子,还可栽进土里,长得壮大。我想象着这神奇的叶子很快会把教室窗台染成一片绿油油的,就兴奋得冲向教室。

教室门口,赵多多喊住了我。他说小毛老师叫我去办公室,还压低声音说办公室好像有家长。我倒吸一口冷气,坏了!一定是吴季的爸爸找我算账来了。自从吴季摔了后,我每天都盯着他头上的包。不是已经小下去了嘛……

办公室里,小毛老师火火地瞪着我,旁边站着我爸。还好。其实也好不到哪里去。每次小毛老师把我爸叫来,我总感觉她叫的不是我爸,而是执法的片警。一旁,冉同学哭得厉害。我什么时候招惹她了?

"上周五是你做的值日?"小毛老师问。

"嗯。怎么啦?"

"我问你,你给不死草浇了多少水?别说只浇了一丁点啊!冉冉走的时候还好好的。"小毛老师语气肯定。

"我——"

"别想抵赖!你这坏小子!赶紧给冉冉同学道歉!"我

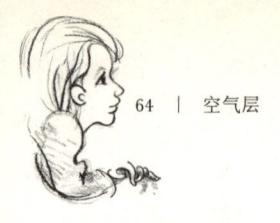

爸拧着我的耳朵说。

说实在的,真疼!好在小毛老师及时地把我带到旁边,说让我看看我的杰作。陶碗灰头土脸地挤成一堆,像受了欺负的小孩等着告状。叶子大都烂掉了,只有一片还孤零零留着不到三分之一的绿。我轻声说了声"对不起"。冉同学哭得更大声了。女生真爱哭!我小声咕噜了两句:"不是叫不死草吗?怎么多喝了点水就死了?"我觉得这叶子和冉同学一样娇气。

"还嘴硬!你把叶子都泡水里了,它能不死?"我爸火气更大了。

"那秧苗全都泡在田里,不是长得好好的!"

"那能是一回事吗?"我爸有点急。

小毛老师想笑,为了忍住,她拼命地瞪着眼,愈发像瞪羚了。

这时候,上操的铃声响了。小毛老师一声叹息,结束了这次事件,说:"冉冉把她爸爸带来的所有叶子都拿来了。哎……"停顿了一下,又冲我说:"你把这些陶碗清理一下吧!"

哎,我要能有大人们把还没播完的电视剧结局猜出来的本事,我就不会是我爸嘴里的坏小子了。不过打这以后,我比任何人都清楚这种植物为什么叫不死草了。那天,我拿起那片还剩下不到三分之一绿的残叶,去掉了它的腐烂部分,再把它小心地放进干净的陶碗中,然后偷偷藏在学校废弃的杂货棚里。我每天都去照看它。这样，不知过了多久。有一天，我终于又趁着值日，将我精心呵护的十碗不死草偷偷摆上了窗台。

早晨，大家看见不死草复活了，都很兴奋，就像看到老朋友一样。

小毛老师端起小陶碗，笑着问："是哪位同学干的？"

没人吭声。小毛老师又对着冉冉、学习委员、赵多多和其他几名同学，问是不是他们做的，他们都说不是。

小毛老师只好说："这位同学很谦虚，我们要大大地表扬他。"说的时候，小毛老师的目光向着刚才她提问的几个同学。

这时候，不知谁说了一句："这回可别种稻子喽！"

大家都笑了。我没笑。

多雷转阴。云飘飘，雪飘飘

整整一天，我都没心思上课。

早晨，吴季笑嘻嘻地拍拍我说："我路过办公室，看见你爸来了。"还做了个鬼脸。

我一惊，难道我又犯事了？可我实在想不出做了什么。想不出，心更慌，几乎肯定自己又做了什么让老师和爸爸生气的事情。吴季的一句话，让我一整天都等着有谁冲我喊："小毛老师叫你去办公室。"

直到下午放学，没听见有谁喊。小毛老师上完课也没

说什么,她走的时候好像还冲我笑呢!当然,这只是我的想象罢了,我救活了不死草,小毛老师都没冲我笑。

我终于明白了,是吴季骗我!我爸根本就没来学校。我一路上竟哼起歌来,好像真躲过了什么祸事。

我爸很晚才回来,我闻到一股酒气。我爸是警察,平时不怎么喝酒。我原本已经放下的心又提了起来。

他冲我喊:"把我的拖鞋拿来!"他的眼里还泛着红。

完了!吴季没骗我。反正躲不过,我豁出去了!我把我爸的豹纹拖鞋用力扔在他的面前。

我爸拽住我手臂,没骂坏小子,还摸摸我耳朵。这让我没想到。

"今天早上毛老师叫我去学校了。"

吴季真没骗我,只好等着瞧了。

"毛老师表扬了你。"没想到从爸爸嘴里出来的是这句话。

啊?小毛老师为什么表扬我?爸爸不肯透露,只说要保密。还说,小毛老师会在这两天的期末班会上讲。我激动地想和爸爸抱一抱,爸爸却只拍拍我的肩,算是夸奖。

爸爸不太高兴,是因为他今天还碰到了一件倒霉事。原来爸爸在监控小区犯罪嫌疑人时,一时走神,让目标溜了。这一来,工作量又要加大许多。上司狠狠批评了爸爸。看着爸爸难过的样子,我不知道说什么才好。

唉!如果好事和坏事分着来多好,哪怕隔一天呢!本该开心或不开心的晚上,被糖和盐搅和得不知是个什么味儿。

我想到三道选择题:1. 爸爸是好警察,还是坏警察?2. 爸爸是好爸爸,还是坏爸爸? 3. 我是坏小子,还是好小子?

嘿嘿!

我不知道该怎么写了,原先搞不明白的事情好像有点明白了,又好像更糊涂了。不过,后来小毛老师有没有表扬我,还得说一下。

小毛老师真的表扬我了。班会上,小毛老师念了我的作文:《你知道的和你不知道的不死草》。

前些日子,黑板右下角贴了一张征文通知。小毛老师让大家踊跃参加,她还点了几个同学的名字。我那个时候特别想写一写不死草,就偷偷写下寄了出去。没想到得了二等奖。其实,大家都没想到。我这一得奖,还让大家知道了是我救了不死草。小毛老师真的对我笑了。大家还选我做本学期优秀生候选人。我知道,两件好事就像淋浴房的花洒,把我全身洗了一遍,似乎我已经不是原来的那个我了。

做优秀生,我没有兴趣。学习委员贾逸澄劳动的时候,当着小毛老师的面,他特别卖力;小毛老师不在,他就磨磨蹭蹭的。赵多多呢,老师看不见的时候做得更多,就是学习成绩不如贾逸澄。小毛老师还不是表扬贾逸澄

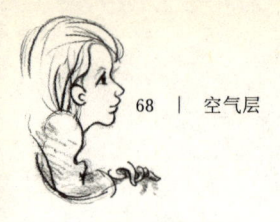

更多。

我趴在桌上想睡觉,听到冉同学在喊:"同意房一丁的举手!"

房一丁,是我。

我认识你吗

放学前雨就一直下。出了校门,我钻到小叔那把透明的伞下。小叔是我同楼的邻居,每天负责接送我放学。

雨越下越大,我尽力往伞下躲。伞挡住了雨,也将我紧紧罩住。我无聊地数着步子,把手伸到伞外面。雨掉落到我的手上,又滑到地上不见了。

我看到小马路的对面有个熟悉的身影,是韦加仁,他是我同学。他在雨里走着,没有打伞。他的伞明明就在书包边上插着。他走几步就用手背擦一下眼睛,看着就像是在为什么事伤心落泪。

也许,他真的哭了?我想起今天在学校发生的事。就在这个时候,我的后脑勺被什么东西狠狠地打了一下,我疼得差点叫出声来。我摸着头,恼火地望向小叔。小叔看着前方,他一手打着伞,一手拎着我的书包。两边没有人走过。我抬头看,被隔离在伞外的天空、树枝静静地望着我,显出旁观者的姿态。此时的雨声格外嘈杂,淹没了其他的声响。

今天课间的时候,也真不巧,我偷偷从包里拿出的明信片偏偏滑落到韦加仁的椅子下边。不等我拾起来,就被眼尖的刘莹一把抓起。她兴奋地打开外壳,翻看里面的明信片。她的声音又高又尖,传得到处都是。

"哟,都是花!这是什么花?这么好看。"她一嚷嚷,大家都围拢过来,抢着要看。

我傻站着。怎么办?本来我是可以拿回明信片的,就算被取笑一下也无所谓。可是,天晓得这事怎么会变成那样!

刘莹将握着的明信片像牌似的捻开来,笑嘻嘻地看着韦加仁,说:"韦加仁,这是你的吧!"

韦加仁说:"不是我的。"

"骗人!明明是掉在你的椅子下。"说着,还将"牌"在左手心上拍了两下。

"胡说!你看见它从我书包里掉出来了?"韦加仁急了,他知道刘莹爱搞事。

刘莹是不会放过他的。这种事情她谁都不会放过。她晃着明信片对韦加仁说:"哎,这花叫什么呀?"见韦加仁没理她,又提高嗓门说:"韦加仁,原来你喜欢漂亮的花啊?"

周围一片笑声。韦加仁显出尴尬的神情,脸都红了。只有我知道他心里有多冤枉,也只有他知道肇事者就是周围的某一个人。韦加仁扫了一眼四周,然后气呼呼地盯着刘莹。

借着月光，
我看到了一个再熟悉不过的人！
我真没有想到竟然是——『他』！

我没有站出来承认是我的，主要是怕惹上刘莹这个麻烦精。如果明信片是哪个女生的，估计刘莹也不会这么闹腾。我承认，直到上英语课之前我还时不时地留意韦加仁那张虎着的脸，不知道谁喊了一句"今天要课堂小测验"，我一慌，赶紧翻书去了，也没再去想韦加仁的事。要不是又看到他，我都快忘了这件事。

好吧，看见韦加仁，我居然就挨了不知什么人的打，好像有谁在替韦加仁出气。扯平了，我想。心里似乎舒服了一点。

只是，我的后脑勺一直麻嗖嗖的，原以为会肿起个大包，可是我摸来摸去，后脑勺好好的。奇怪！我一路上都在想着挨打的事。

夜晚，我躺在被窝里。四周很静，马路上的车声稀稀拉拉的，越来越空阔、遥远。我，就快睡着了。

有个很轻的声音在叫我："梁鹏，梁鹏。"我紧闭双眼，不敢睁开，感觉还被推了一把。

"你是谁？"我问。

"你知道的。我们白天碰到过。"他说。

我想起了白天路上挨的那一下，后脑勺又疼痛起来。

"韦加仁哭了。"他接着说。

又是韦加仁！我烦了。"你是韦加仁派来的？"我铆足劲儿大叫，眼睛像被谁猛地撑开了。借着帘外透进来的月光，我没有看见什么人。"你是谁？"我问。除了汽车声，

别的什么也没有。我又闭上眼睛。

"韦加仁很倒霉。"那个声音像蚊子一样,不住地在耳边嗡嗡。

"我有什么办法!"我坐起来,"都是刘莹搞的事!"我烦死了,真想把那个声音当蚊子拍了。

又没声音了。我重新躺下,闭上眼,却怎么也睡不着了。韦加仁擦眼睛的样子老在我眼前晃。难道要我当着大家的面,承认那套明信片是我的?一想到刘莹,我浑身不自在。

"韦加仁太冤枉。""韦加仁很难受。"那个声音不依不饶地在耳边绕来绕去。

"这点破事,至于嘛!"我争辩道。

"那你为什么不肯承认,让韦加仁背黑锅?"

"我……"看来不主动承认,觉是没法睡了。我发狠地说:"好吧,明天我去要回我的明信片,就说那是我的。这总行了吧!"

那个声音没了。

早上,趁刘莹刚坐到位子上,我就小声对她说:"你冤枉韦加仁了。明信片是我的,赶紧还给我。"我想,我都站出来了,她最多再取笑我几句,明信片就该还给我了。虽然有点丢人,但是韦加仁就不用再受气了,我也能要回我的东西,我不敢保证在老时杂货店还能买到一模一样的。

刘莹一听，站了起来。"什么，明信片是你的？"她又冲着走进来的韦加仁怪笑着说，"梁鹏替你解围啦！他说明信片是他的。"

我朝韦加仁挤出一点笑，不知道说什么好。

韦加仁看我一眼，对刘莹说："我不知道是谁的，反正不是我的。"

刘莹没把明信片还给我，她对着韦加仁说："哟，韦加仁，面子挺大嘛！没想到梁鹏替你扛啊！"

"什么扛不扛的，本来就是我的。刘莹，别闹了，快点还给我。"我急了。进教室的同学越来越多，有的人听见了，就凑了过来。

刘莹只说："梁鹏，要真是你的，我名字就倒着写。"她笑着坐下，冲我说："仗义！"

我傻了，刘莹不相信我的话，韦加仁却知道了明信片是我的。怎么会这样！我都不敢正眼看韦加仁了。刘莹呢，不知道还会搞出什么名堂。我只想赶紧证明那套明信片是我的。我也管不了别人会不会笑话我喜欢花什么的，我只觉得现在这样好憋屈！我有点体会韦加仁的感受了。

我想起了那个人，我好想和他说说话。一回到家，我把书包扔到椅子上，又往地板上一躺，不住地喊："烦死了，真难受！"我盼着他赶紧出来想想办法，哪怕听我发泄一下。这个时候，听得到的只有从外面传进来的嘈杂声。我又喊："喂，你在吗？你出来好不好！"还是没有他

的声音。我很响地开门关门,还将椅子拖来拖去,听了叫人抓狂,这也害得我再也听不到别的声音了。

到了夜晚,我疲倦地闭上双眼。睡意一阵阵向我袭来,我感觉到月光轻柔地透了进来,还听到窗帘被微风轻轻吹动的声音。我好像听到有人问:"你想和我说话?"

我的心一动,是他。我赶快回答:"嗯,是的。"我的睡意全跑了。我坐起身,有点激动地说:"事情又被我搞砸了。"对方没吭声。我接着说:"我没想到会是这样!现在好了,刘莹不相信我,韦加仁那眼神……"我越说越急,连对方说了什么我都没听到。

等我安静下来,那个声音很轻地说:"你今天没有做错呀!"

"是吗?"我问。我舒了一口气。

那个人接着说:"韦加仁也许,也许只是有点儿窝火,是吧?"他停了一下,又说:"刘莹嘛,不管她啦!爱信不信。"

这件事本来像一团乱麻,理也理不顺,听他这一说,心里一下子变得舒畅、明亮了。"好吧,我再想想怎么做。"我说。虽然我还没想好该怎么做,也不知道这件事会变成什么样子。

对方没再吭声。我赶紧问:"你到底是谁?你在哪儿?我怎么看不到你?"我怕他再次消失。

"我随叫随到。"那个声音听起来很快活。

"白天没见你吭声嘛!"我说。

"白天太吵啦!"

这倒是,我点点头。

"白天我也在嘛,你忘了?"他说。

我愣了一下,然后摸摸后脑勺,笑了。他也笑了。

"你啥样?"我又问。

"正常,头上没角。"

借着月光,一个蒙面男孩出现在我面前。他穿着运动装,个子就跟我这样。他摆出武功架势,手里还握着一把小锤子。他呼呼哈哈地秀了一把"功夫",我真担心小锤子再次砸到我脑袋上。

我注视着他的眼睛问:"我能看看你长啥样吗?"

"下次吧!"他向我眨了眨眼,整个人就消失了。

我没来得及看到他的长相。我们认识吗?他为什么知道我所有的事情?他到底是谁?那副机灵的样子,还贼贼的……我就叫他"蒙面小子"吧!

在蒙面小子再次出现之前,我终于让那件不愉快的事有了一个愉快的结果。我直接找了韦加仁,对他坦白了事情的前后经过。我还没来得及道歉,他就原谅我了。

明信片是我在老时杂货店里买的,看一眼就被它牢牢吸引住了。我到现在都不知道这花叫什么,甚至不知道有没有这样的花。它像是开在梦境里的。我闭上眼睛,仿佛看见它从坚硬的石头上开出来,还听到了它开放的声音,

就像金属碰撞时发出的声响。这真是神奇的花!

韦加仁听了我的话说:"没什么,男生就不能喜欢花吗?让刘莹说去吧,爱花怎么了,这花挺好!"

我还是向韦加仁道了歉。这件事以后,我和韦加仁成了好朋友,我们常常说一些在家里都不怎么说的事情。而明信片我也没再去问刘莹要回来。她拿明信片来说事,我和韦加仁最多笑笑,不理她,她觉得没趣,也就不再说什么了。

放学的路上,我说想进老时杂货店看看,小叔忙着接电话,就让我一个人进去了。我在店里仔仔细细地找了一遍,我想运气好的话,或许能找到一样的明信片。"我这里没有重样的东西。"老时还是同样的话。好吧,这在我的预料之中。没有就算了,反正这花一直开在我的心里,很茂盛,也很神秘。除了我和韦加仁,谁也不知道。

蒙面小子又出现了,不等我开口,他就说:"你挺高兴嘛!"

我是很高兴:"怎么什么都瞒不住你?"我又乘势要求:"说好的,让我看看你是谁。"

"好吧!"他爽快地拉下面罩。

我的心怦怦乱跳。借着月光,我看到了一个再熟悉不过的人!我真没有想到竟然是——"他"!这让我很意外,但是又有些……我难以形容自己的心情。我呆呆地望着

"他",直到"他"将我紧紧拥抱。我感受到了同一颗心、同样的脉搏在跳动。一股炽热在我的身体里不断升腾。

我好想对"他"喊:"原来是你!"然而,不可思议的是,蒙面的"他"和熟悉的"他"不断地在我的眼前交替着闪现。我认识你吗?我犹豫了。熟悉的你对着我不住地点头,而蒙面的你只是望着我,似乎带着些许微笑……

哦,我真的认识你吗?

三重奏

殷小和看了话剧《风之影》之后，满脑子都是风之影的扮演者云潇。他总是盯着剧情介绍上云潇的剧照看，一副很专注的样子。剧照中的云潇妆容很重，长长的发梢遮住了部分脸庞。在小和看来，云潇不仅帅气，而且十分神秘。小和还认为云潇的名字很有男子气，不像"殷小和"这么软绵绵的。

小和盼着小墩快点来，他想和小墩说说云潇的事情。

小墩是小和以前的邻居阿哥，住在小和楼上。全楼的人都知道小墩喜欢话剧，还一度考过话剧团，后来却进了一家软件公司工作。虽然几年前小墩一家搬走了，不过他有空的时候还是会来老房子看看。小和就碰到过好几回，每次都跟小墩说好多学校的事。前阵子小墩又回了趟老房子，拿出《风之影》的入场券分给大家，说是朋友给的。

小墩没来，他打来了电话，说最近有点忙。他问小和看了《风之影》后有什么想法。小和听小墩提到《风之影》，就激动起来。小和一口气说了好多好多，还老是把云潇挂在嘴上。小墩静静地听着,没有打断他。小和在心里断定小墩是喜欢《风之影》的。他问小墩是不是喜欢云潇,小墩说喜欢。小和说,只可惜云潇的剧照太小了。小墩说,这有什么难的,我去给你搞张大的。

一周后,小墩来了,他像魔术师一样变出了《风之影》的大海报。海报展开后比小和的人还大。海报上的云潇黑衣、侧身,顶着风扬臂挥起斗篷,浓重的妆容下显出硬朗的脸部线条和刚毅的眼神。小和兴奋地贴近海报,感觉和偶像站在了一起。小和还不尽兴,他快步走到柜子前,抓起布单就转身挥动。他想模仿云潇披斗篷的动作。

小和转身的时候,脚撞到了茶几,他疼得大叫起来。墙上的落地镜正好对着他,他看到了自己脸颊抽搐的样子,感觉有点狼狈。更糟糕的是,他还瞄了一眼海报,发现云潇正看着自己,这让他心里发慌。小墩要看看他的脚,小和赶紧缩回去,还说不疼。

小墩看了他一眼,说:"我来!"他拿起布单,漂亮地一挥,就披上了身。动作干净利落,还潇洒地甩了一下头。

小和看出来,这跟舞台上云潇的动作很像,而且小墩做得很熟练。小和心里一阵兴奋,他甚至忘记了刚才的尴尬和疼痛。自从小和迷上了云潇后,他多么希望有人能和他一起分享这份快乐。学校里,他让同学看他珍藏的《风之影》剧情介绍,同学好像没什么感觉,这让小和很受

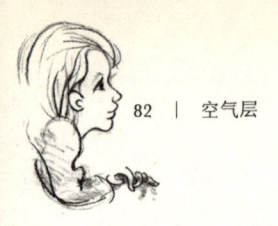

伤。当然小和也不怎么喜欢同学的偶像,他知道这是勉强不来的。

小和请小墩帮忙将海报贴到了自己的床头上。海报上的云潇显得更加伟岸高大。小和仰望着偶像,心里充满了崇拜之情。

小墩又找来一块布单给小和围上,神秘地对小和笑一下,说:"现在风之影会去哪里呢?"然后,他抖一下身上的"斗篷",高喊一声:"走!"

小和激动不已,他随小墩从里间到客厅,从厨房到阳台、卫生间,一会儿沙发上,一会儿浴缸里,穿梭来去,上上下下。这小小的家变成了风中的旷野、山峦和湖泊。他自由得像天上的鸟、水中的鱼,口中还念着台词:风,我要跟随你!汹涌的浪涛,狂舞的山林,仿佛就是你的化身;风,你来无踪,去无影,我将如何与你同行?小和眼前全是云潇阳刚飘逸的形象,他感觉自己已化身云潇,浑身充满了豪气。

终于,两人都觉得累了,他们坐下来休息。小和打开茶几上的曲奇罐,请小墩吃曲奇。小墩吃得很香,曲奇屑落在了衬衫和地板上。小和想:刚才的小墩哥动作潇洒,很像云潇啊!可是,云潇会这么吃曲奇吗?小和不愿想象云潇吃曲奇的样子,小和心里的云潇是海报上那样的。这么想,小和又觉得对不起小墩。他偷偷责怪自己:小墩哥陪我玩了好半天,怎么还能这么想。小墩哥又不是云潇。

小和马上"原谅"了小墩。

在小和眼里，谁都不如云潇。他问小墩有没有见过云潇本人。

小墩迟疑一下，说："哦，没有。"又问："怎么，你想见他？"

小和说："当然啦！他太帅了！可是，他从来没在哪儿露过面。"

小墩逗他说："哟，要是你看到的云潇是我这样的，还不把你气死啊！"

小和叫道："怎么可能！"

小墩又说："这样吧，我朋友和云潇同台演出过，要不你和他聊聊？"

小和听了很兴奋，感觉离偶像近了不少。他连连点头，求小墩快点约这位朋友。

小墩走了以后，小和觉得时间慢得像蜗牛，他想小墩准是忘了。

小墩当然没忘，他给小和打来了电话。他说朋友实在太忙，不过已经和朋友约好了。

小和高兴得要跳起来。他开始想象小墩朋友的样子，能和云潇同台，应该很有魅力吧！可是，他的想象又怎么也脱不开小墩的形象。小和有点无奈，他也因此急切地盼望快点见到小墩的朋友。

终于，见面的这一天到了。小墩一下班就去接小

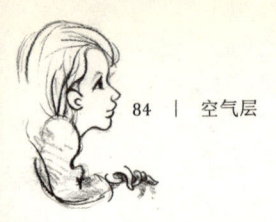

和,然后来到长风公园的怪味亭。天色还没有变暗,天空流淌的晚霞给怪味亭染上了一层橘色。小墩身穿米白夹克,石磨兰牛仔裤很时尚,裤腿没有锁边,毛毛的,脚上是一双白色板鞋。才到一会儿,小墩就看了看表,说他得去附近办点事,他的朋友静涛很快就到。还说,他去去就来。小和猜测小墩的事有点急,他看到小墩是小跑着走的。

一位上了年纪的男人走过来,问是不是小和。小和愣住了,不过他能叫出自己的名字,还操着一口浓重的话剧腔,小和想他应该就是静涛吧。

看着静涛,小和想笑。静涛的头发和胡子又多又长,还显得凌乱,眉毛也粗重。奇妙的是,这些配上他的茶色镜、黑皮鞋、白衬衫和西装裤,还有手里的拐杖,看着倒并不随便和邋遢,反而显得很有风度。

小和完全没有料到小墩的朋友是这样的,他来不及多想。他问静涛:"话剧演员声音都这么洪亮吗?"

"嗯,都这样。"静涛点一下头。

"云潇的声音也这样?"

"也这样。"静涛露出笑意,还挑了挑那两道粗眉。

"云潇是不是很帅?"小和接着问。

"是的,很帅。"他又凑近小和说,"看来小和被云潇迷住了。"

小和不好意思,说:"我没见过像他那样的。"

静涛笑笑。

小和又说:"真羡慕您能见到他本人。"然后又忍不住问:"云潇的本领是不是很大呀?"

"我的本领也很大呀!"他瞄一眼周围,压低嗓门说,"千万别让云潇听到啊!"

两个人都笑起来。小和暂时将话题转向静涛,他问:"您在《风之影》里演谁呢?"他不记得演职员一栏有静涛这个名字。

"哦,这个嘛,"静涛想了想说,"在《风之影》里我可演过不止一个角色。"

小和想:难道是做替补演员?他知道得最多的是替补球员。他问:"幽仁和门冲也演?"

"也演。"

小和惊讶地望着静涛。剧中怪癖、多疑的幽仁和霸道、仗义的门冲可不是好演的。他又突然问:"那,风之影呢?"

静涛朝小和挤挤眼,往后退了几步,然后做了一个漂亮的挥披风的动作,沿着园子里蜿蜒的小道穿梭自如,像在舞台上一样,拐杖也成了挥洒的利剑。

"怎么样,像不像云潇?"静涛问。

小和冲他笑笑。或许静涛的演技并不比云潇差,可是在小和心里云潇是独一无二的。小和没见过舞台下的云潇,但他肯定不是静涛这样的。云潇就是云潇。

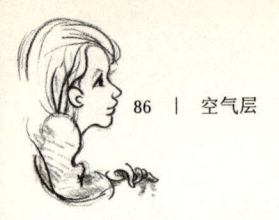

"云潇到底是什么样子的?"小和问静涛。

静涛想了一下,神秘兮兮地说:"怎么说呢?我嘴里的云潇和你喜欢的云潇也许很不一样啊!"

小和糊涂了,但他又隐隐觉得,静涛好像很懂他殷小和。而且这种感觉很神奇,拉近了他俩的距离。只是小和还是忍不住想,假如今天来的是云潇,自己一定会激动得控制不住的。但是,这怎么可能呢!

他俩聊《风之影》,聊其他,反而很少再提云潇。天色渐渐暗下来。静涛要走了,小和依依不舍。静涛说以后有云潇的新剧,一定让小和去看。想到还能看到云潇的新剧,小和又愉快起来。

小和朝静涛挥手,静涛也不住地回头向小和示意。小和看到静涛往右面的树林拐时,两手轻轻拽了一下腹部的衬衫。他愣住了,他想起看《风之影》的时候,云潇隐进舞台侧幕瞬间就做过这个动作。当时小和的座位在舞台的斜侧方,他正好看到了云潇的这个小动作。

小和周身的血液仿佛一下子冲到了头顶。他突然惊醒了!云潇,他是云潇!小和拼命攥紧两手,心脏激动得怦怦乱跳,他做梦也没想到静涛就是云潇。顾不上了!小和大喊一声"云潇",然后激动地往前奔去。

静涛被小和一喊,吃了一惊。他想赶紧走,一抬腿,西装裤角被路旁的藤蔓钩住了,露出了里面的石磨兰牛仔裤。裤腿没有锁边,毛毛的。他慌忙回头看小和,并赶紧拉开藤蔓。

小和还在激动地往前跑，不住地喊着"云潇"。还好，他确认小和没有看到他的牛仔裤腿。他舒了一口气，赶紧拐进林子，消失在小和的视线里。

小和跑到拐口处，停了下来。一切那么安静，仿佛没有人刚从这里匆匆走过。小和听到心脏很响的咚咚声，好像就快跳出喉咙。

小墩来接他，他还沉浸在激动里，他抱住小墩问："静涛就是云潇对吗？小墩哥。"

小墩没吭声，停了一会儿，他问："你怎么知道他是云潇？"

小和说："我就是知道！"他不想把他和云潇之间的小秘密说出来。

好些日子以后，小和想起那个傍晚，还像做梦一般。云潇其实就藏在静涛夸张的胡子、眉毛还有那头乱发底下。静涛就像小和与偶像云潇之间的密使，既让小和感受到了云潇的热情、风趣，又没有减弱云潇印刻在小和心里的那份传奇和神秘。这种近在咫尺，又远在天边的感觉，常常让小和感觉很奇妙。

小和很感激小墩。想到"静涛"说过的话，他也就不再问他云潇的事情了。只是，小和偶尔还会羡慕小墩认识云潇。

小和想不到的是，小墩其实也很羡慕他。小墩怎么也

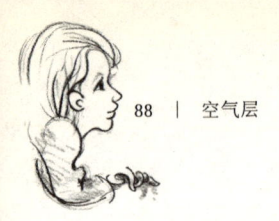

想不出在小和这个年纪有过什么偶像,总觉得这是一件遗憾的事。不过,看到小和开心的样子,他的心里也会生出满足感。但他不会让小和知道,这其实是一曲三重奏。

生日礼物

1

小球做梦也没想到,米乐会邀请他参加自己的生日会。

事情其实很偶然。中午,米乐饿得发慌,却丢了饭卡。小球捡到后,只是递给他,没说什么。是因为想到平时对小球的态度而内心不安,还是这一刻有些感动,或者是心血来潮,想让小球为自己的生日会添点笑料,反正米乐向小球发出了邀请,还顺势摸了一下小球的头。

三年级的小球个头就像一年级的小朋友,站在高个米乐面前,矮了整整一头。面对米乐的邀请,小球心里很激动。

小球能不激动吗?他从来没有想过生日这件事。他倒不是淡忘了自己的生日,而是没怎么记住。在他的记忆中还不曾闪耀过生日的火花。小球倒不会就此对自己的生日有什么期待,重要的是同学米乐竟然邀请了他。小球急切地想把这件事告诉蓬头。

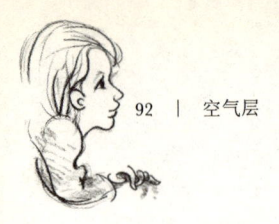

蓬头每天都在小路上等他。蓬头是一棵不到四米的香樟树。春天，嫩绿的叶子蓬蓬密密使劲地伸展，周围的夹竹桃、月季、山茶花什么的，反而衬得蓬头愈发清新和单纯。

放学后小球见到蓬头，一个冲刺跳到蓬头身上。其实，小球不用说什么，蓬头都懂得。风吹得蓬头发型大乱，小球脱口而出："侬格则（你这个）蓬头痴子，伽（这么）开心啊！"说实话，小球上海话说得真溜，和同学们说的没什么两样。可他就是搞不明白，自己课堂上一不留神把"穿衣服"念成了"圈衣服"，把"纯真"念成了"寻真"，大家竟至于笑成那样吗？

小球抱着蓬头，离地近一米高，这让他的视线得以延展。小球想，高的感觉真好啊！他甚至想，如果我的学习成绩也能高点儿，同学们就不会怪我拖后腿了。想到自己不争气的成绩，小球像泄了气的皮球，从蓬头身上滑了下来。他一点都不怨同学，谁叫自己太笨呢！

可米乐请我去他的生日会了呀！小球又高兴起来，好像日子抹上了新的亮色。只是小球万万没有料到，这等待的日子并不轻松。

2

第二天，小球就从课间同学的交谈中明白了一件事，得准备一份生日礼物。

「祝你生日快乐。」小球说。

米乐愣住了。

片刻,他才想起过两天就是自己的生日了。

送贺卡吗？小球想到路边小店里堆放得乱糟糟的各式贺卡。

"谁送贺卡？帮帮忙啊！太老土了吧！"有个女同学对着另外两个女同学夸张地叫喊。

这声音就像飞来的小石子，敲打着小球的脑壳。小球知道自己土，同学们三天两头变出的新鲜玩意儿，还有聊的新鲜事儿，他都不怎么懂。小球决定不去问同学买什么礼物好，他不想让同学笑话他，更不想让同学知道他不愿说的事。

一连几天，小球都在为礼物的事发愁。

直到周末，小球在一个岔路口，发现了一家小花店。他悄悄伸头张望，满屋子的鲜花和香味顿时把小球团团拥住，一时间小球像是融进了梦境里。

"买什么花啊？"不知从哪儿冒出一个温暖的大嗓门。

小球赶紧缩回脑袋，他不知道兜里的钱能不能买到花。他跑了几步，定了定神，又恋恋不舍地回头望望玻璃门内的花朵，看花的时候，他也看清了离门最近的那束花的价格。

天上下起了淅淅沥沥的小雨，小球没在意，此刻他只感觉心里阵阵难受。

每天妈妈上工前，会在桌上留下一两元钱，是给小球买包子的。为了买礼物，小球已经几天没吃早饭了。不仅是早晨，小球要艰难地冲破包子铺那扑面而来的热气的屏

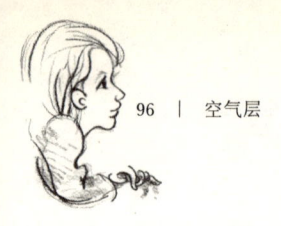

障,最要命的是不到中午,他必须在课上最安静的时候搞出些声响,以掩盖肚子里咕咕的叫声。

小球边走边想,原来并不是不吃包子就能买到合适的礼物。他内心被包子和礼物纠缠着。他告诉自己,无论如何都要带礼物去生日会。

走着走着,就到了蓬头面前。他靠着它坐了好一会儿。他对蓬头说,我不能问我妈要钱,新校服的钱还没交呢!可是,我又不想让别人乱说……

蓬头静静地听着,它挺拔的身躯给了小球最踏实的凭靠。小球的心情渐渐平息下来,他仿佛听到蓬头在说:这有啥!看看我,一年到头就这么戳着,别人从头到脚地瞧我,又能把我怎样?

小球想:是啊,不管是寒天暑日,还是刮风下雨,无论什么时候蓬头都站得这么直、这么精神!

这天回家,小球找出了那条在学校只穿过一次的牛仔裤,就是被米乐他们笑话过的那一条。说实话,小球的衣服大多不是太大,就是太小,这些都是小区阿婆、阿姨送给做公寓清洁工的妈妈的。

裤子的膝盖以下部分已经被妈妈剪去,不然,能套到小球的胸口。小球清楚地记得,当同学看到他穿着靠皮带帮忙才不至于垮下来的裤子时那嗤笑的样子,带头的就是米乐。

"哎哟,太酷了!还是松裆裤啊!再把裤边刷毛,磨几个破洞,就成极品喽!"望着这条裤子,小球耳边又传来米乐的戏言。

小球想了想,拿出剪刀把裤腿再剪短些,穿起来大约到小腿肚。然后在裤腿上剪了几个口子,又不知从哪儿找来了一把坚硬的刷子,用力把口子和裤边刷毛。最后还不过瘾,干脆用小石头在裤腿上使劲摩擦。小球很用力,并感觉浑身上下都那么畅快。

小球做的时候,忘了去想米乐他们看见了会是怎样,他的眼前晃动的是妈妈疲惫的身影。他期待有一天,妈妈也能"浪费时间"去做好像没必要却有趣的事情。

去米乐家的这天早晨,小球穿上牛仔裤,上面配了件白色 T 恤衫,小球还把上衣的边塞进裤子里。出门的时候,他感觉自己像蓬头一样精神。

来到岔路口,小球走进了花店。

"买什么花啊?"还是那个声音。

"不知道。"

"嗯?"

"是去生日会。"小球望着一旁红艳艳的玫瑰花,又掏出了兜里仅有的几块钱。

"嗯……这样啊。"花店大叔想了想说,"玫瑰花太娇艳了,还要多些才好看……不如,"他从边上的桶里取出两枝浅紫色的花,"你看,这花多自然,每一枝上都有五六个朵儿。"他把花拿到小球正前方,征求小球的意见。

"这是什么花?"小球问,他又看一眼玫瑰花,觉得它们的花形有点像。

"稻拉吉,就是桔梗花。"大叔突然扯着嗓子唱起来,"稻拉吉啊,稻拉吉,淡淡的桔梗哟长满山野……"

小球听着,想到了蓬头。

唱完了,不等小球开口,大叔又说:"那,我再帮你配两束勿忘草吧!"

桔梗花配着蓝色勿忘草被花店大叔用淡紫色纹纸细心地包扎好,下方还用银色宽带扎了一个花朵形的蝴蝶结。

3

敲开米乐的家门,已经有几个同学先到了。小球把花藏在背后,走了进去。

"哇!真棒哎!是 DIY 吗?"一个女同学惊叫。

DIY 是指手工制作,小球没听懂。

"嘿,真酷!"米乐赞叹。他一定是想起了什么,不好意思地冲小球笑笑,还摸了摸自己的后脑勺。

小球把花递给米乐,又引来了尖叫。

"呀!真好看哎!这颜色多纯净啊!"又一女生的声音。

"这种玫瑰花真少见呀!"米乐接过花。

"是稻拉吉。"

"什么?"

"稻拉吉,就是桔梗花。"小球想,原来还有自己知道而米乐和其他人不知道的事儿。

"啊,是吗?很好看啊。"米乐有点结巴。

随后,米乐把花插进浅口琉璃花瓶。

墙角的低柜上堆放着许多没有拆封的礼物,谁也猜不出里面究竟是什么。它们就像是身着华服、头系精致发带,又羞羞答答、不愿吐露心事的女孩。而相隔不远,小球的花则眉清目秀、神情淡然地立着。

"米乐真有福气!能收到这么多礼物。"

"可不,听说他爸是当官的。"

"哎呀,要是天天能来他家玩就好了!"

"就是,瞧这家里,多气派!"

同学的对话飘进小球的耳朵里,换了小球,真不知道用什么词来形容米乐家好了。

这一天,小球仿佛恍惚、眩晕地浮在半空中。他想起做过的一个梦。梦里的他似乎长大了些,和妈妈住在明净宽敞的屋子里。四处缠绕着绿色植物。满满的阳光,一股脑儿钻进了小球的躯体。小球睡在软软的白云织成的棉絮上……睡梦中,小球的身体起起伏伏,整个人晕晕乎乎的。最后,像失去了控制,重重地摔在了水泥地上。梦醒的时候,小球感觉身体还留有疼痛的余波,而地下室竟也不那么阴冷潮湿了。

小球想,米乐不会做这样的梦吧!他的梦会是什么样

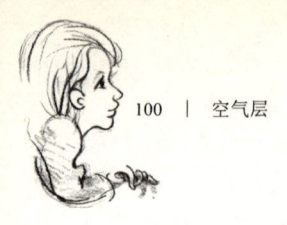

的呢?会有晕乎乎的感觉吗?反正他不会摔到水泥地上。

这一天,小球在米乐家玩得很开心。

临走时,米乐让小球留一会儿。等大家走了之后,米乐走到搁礼物的柜子前,随手拿了一件给小球。米乐告诉他,这好像是一个不认识的叔叔送的,可能是辆遥控车。

小球不知道拿还是不拿。

米乐说:"没事,我有的是。"

小球拿着礼物离开了米乐家。小球没有直接回家,径直去了蓬头那儿,他要让蓬头也分享他的快乐。

小球在蓬头脚下坐定,然后小心地拆开了包装纸。里面是个黑色的硬纸盒。小球好奇地掀开盒盖,又拨开好几层防护泡沫。刹那间,小球惊呆了!无论如何,他也不可能不认得那是百元大钞。等小球定下神来,他又仔细地翻了翻,足足有好几沓。小球不知道那是多少钱,反正他从来也没见过这么多钱。他能想到的是,无论妈妈干得多辛苦也挣不到这些钱。他吓得四周张望,又迅速把盒子包回原样。

第二天,小球早早来到学校。他一见米乐,就把米乐叫到一边,然后悄悄地把新裹了好几层袋子的"礼物"还给了米乐,说了句:"这个还是还给你。"他不敢看米乐,一溜烟跑了。他怕看到米乐生气的目光,还有问他什么。

后来,米乐并没有再提起这件事。几个月后,小球发现大家渐渐地有意避着米乐。而米乐呢,则越来越不爱搭话，总是一个人进出。

小球想不明白。课间，他听到了一些风言风语。好像是说，米乐的爸爸犯了什么事情。哎，这究竟怎么了？小球伸长脖子，但他听不清楚。同学压低了声音。

4

又过了半年，有同学和小球咬耳朵，说米乐一家又搬回到老房子里。还有，米乐过些天就要转学了。小球心里真难过。

他来到蓬头脚下躺了好一会儿。西下的霞光透过蓬头层层叠叠的叶子映到小球身上，像一幅乱七八糟的图案。临走时，小球捡起一把蓬头被吹落的叶子。

到家后，他把叶子蘸湿，又取来刷子用力敲打。不一会儿，叶子就显得斑斑驳驳、茎纹清晰。小球又把这些特别的叶子夹在废纸中间，再压上几块砖。

这天，小球在校门口追上了米乐。米乐停下，两人沉默了一会儿。

"明天，我就不来上课了。"米乐说。

"嗯。"

米乐望着小球，想说什么，又不语。小球从包里拿出一只纸袋递给米乐。米乐取出里面的东西，是一个嵌了画的镜框。

"你自己做的？"米乐问。

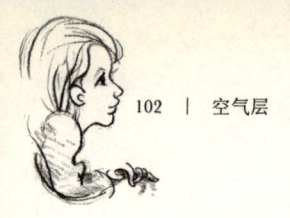

小球点点头。画上有翠绿的草地、树、茅屋和鸟儿,都是小球自己画的,只有树叶是蓬头的。

"祝你生日快乐。"小球说。

米乐愣住了。片刻,他才想起过两天就是自己的生日了。

街前街后

周五放学总是比平时早,我通常都是和苗小希结伴回家。我俩都住童光里,只要穿过学校旁边的小区,过一条小马路就到了。一路上,我俩说说笑笑,再沿路逛逛,然后轻轻松松地走进各自的家门。

今天是周五。刚放学,我一个人跑出了校门。我只想清静一下,免得再提起和颜馨有关的事。

我像是被热烘烘的太阳裹着,浑身燥热。我边走边想起昨天的语文课。俞老师念了我的作文,她还说:"舒子曰的这篇作文不光通顺,还很自然而真实。我刚才给大家念的描写晴天的那部分,就很好地烘托和表现了自己愉快的心情。"俞老师还要大家课后再传阅一下。回家的路上下着雨,空气清凉湿润,吸到喉咙里还是甜丝丝的。昨天的心情真好。原以为这份好心情会像坐滑板车,从昨天滑到今天,再滑到明天、后天……

"舒子曰,等等我!"

我回过头,苗小希小跑着追上来。

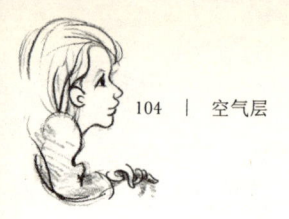

"哦,我今天要快点回去,忘记跟你说了。"我说。

"我想也是,那我们就走快点。"苗小希笑着拉起我就走。也许是走得快,苗小希的语速也加快了,听着就像小石块朝我砸过来,我的心跳都急促起来。

苗小希提到了颜馨,她说:"你也听说了吧?市作文大赛的事。都说去的可能是颜馨,大家都在传。"她还补充道:"据说是她自己去跟老师争取的。"

听了这话,我真懊恼,我为什么没想到这么做!我的步子越来越快。"真热呀!"我喊道。我不想再听她说下去。

苗小希愣了一下,说:"哪有。"就不吭声了。

走了一段后,她又说:"你的作文写得真好,什么时候借我看看?"她看我一眼,好像怕我不同意似的,又说:"这可是俞老师说的。"不等我发话,她叹口气说:"哎,我怎么就写不好呢!"

苗小希的话合着急匆匆的步子,听上去好像是在气呼呼地命令我,最后那句话更像是在埋怨我。我觉得好笑,可是我笑不出来,作文比赛的事老是在我脑子里绕来绕去的。

我想起苗小希常说的那句话:反正轮不到我,没我什么事儿。她不开心的时候还真是很少见到。可换作是我就很难做到呀,我想。

颜馨不光成绩好,作文也写得好。每次听到俞老师夸她的作文，我就想，我一定要写得更好。我的作文被俞老师表扬，本来很高兴，没想到比赛还是让颜馨去。我真不想再见到她。

周一早晨，我刚踏进教室，预备铃就响了。我快步走到座位上，像是要逃离大家的目光。我瞅了一眼颜馨的座位，空着？颜馨从来不迟到的。颜馨不在，我的心里轻松了些许。

颜馨一整天没来上课。课间，苗小希凑过来说："颜馨没来，难道是她参加比赛的事没戏了，不高兴？"为了证明她的推断，她很肯定地说："我听她说过想参加比赛的。"不容我插话，她又说："也许俞老师又改变主意，想让你去？"

我心里一动，说："别乱说。"

苗小希更来劲了，说："真的，你没见俞老师又夸你了？"

她这一说，我的心里乱糟糟的。

第二天，颜馨还是没有来。俞老师也没有宣布谁去参加比赛。我真不想再为这件事烦心。不如让颜馨去算了，有时候颜馨作文是比我写得好。要真像苗小希说的那样，颜馨的心情我能体会。

周三，颜馨来了。她一坐下，就要了周围同学的作业本来看。

中午，颜馨来借我的作文本，说要欣赏欣赏。她看上

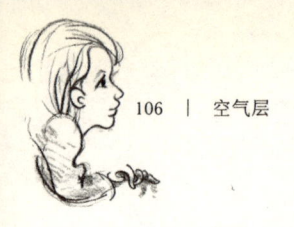

去和平时一样。作文本还回来的时候，颜馨没说写得真好，她只说，我这篇作文她蛮喜欢的，还朝我笑笑。

颜馨的表情让我有些难受，难道说她知道参加比赛的是她？

周五放学后，我和苗小希出了校门。稍远处，颜馨在前面走着。我看见她书包上的小松鼠来回晃悠，好像随时都要跳进草丛里。从颜馨的背影看，她的心情应该不错。

苗小希拽拽我说："我们走慢点。"她也不解释，又悄悄说："我问过颜馨，前两天缺课是不是病了，她只说没有啊，也不说为什么，就跟没事一样，好像上不上课都无所谓。"

"她应该跟俞老师请过假的。"我不知道为什么要替颜馨说话。

"看来俞老师还是喜欢她。要换了我，还不得叫去办公室训话。"

听了这话，我心里有些不快。

苗小希的注意力全在颜馨身上，她冲我耳边说："今天我俩跟踪她一下？"

"不好吧？"我说。

"嗨，我就是想看看她是不是好学生，一放学就回家做作业。"苗小希很亢奋，变身俞老师了。

苗小希的话也勾起了我的好奇心。我没再说什么，她就知道我同意了。

我俩跟着颜馨穿过学校旁边的小区，过了小马路，又进了童光里。颜馨回家是不用进童光里的。她应该没有发现我们，我观察之后想。颜馨为什么走童光里呢？我每天都进进出出的，没发现有什么特别的地方。

颜馨又出了童光里东门，沿着围栏往南走。我更好奇了，她这是要去哪里？我俩谁都没吭声，只是跟着她。颜馨走了七八百米，然后很顺溜地拐进一家小店。

我和苗小希追到店前，看到招牌上写着"张老伯咕嘟咕嘟小圆子铺"。这小店是从哪儿冒出来的？我俩愣住了。再偷偷往里看，店面不大，米白色的墙上有几幅速写，画的是冒着热气的圆子。店里有四张木头小圆桌。除了颜馨，里面还有一个食客。

"张老伯，快点！我饿着哪！"颜馨扯着嗓子叫。

"快了，快了！"一个小伙子的声音传出来。

估计张老伯正忙着煮圆子，没工夫应她，我想。

"快点呀！"颜馨又叫。

"来啦，来啦！急什么急。"小伙子从里面小碎步出来，把碗往颜馨面前一放，还不忘嘱咐一句，"小心烫着！"

颜馨快速用勺子抄起一只。那只圆子油亮滚圆，我咽了一下口水，苗小希的喉咙也响了一下。颜馨先在圆子的顶端咬一小口，然后鼓起嘴，把风细细地吹进圆子里。

我俩躲在一边傻傻地看着，想着圆子的味道。

"进来吧！别偷看啦！"颜馨喊，目光还在圆子上。

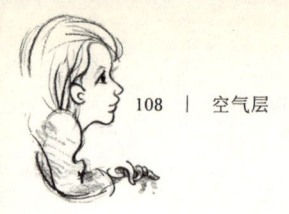

我俩看看周围,再看看对方。

"早就发现啦!还躲?快进来!"颜馨又喊。

我和苗小希尴尬地互相看一眼,像被活捉了似的进到店里。

"嘿!颜馨,这店怎么就像是你开的呀!"苗小希的口气很兴奋。她可真行,就好像什么都没发生过。

"张老伯,再来三碗肉馅的。"颜馨冲厨房喊,又对我俩说,"肉馅的最好吃。"

"好嘞,要不了十分钟!"小伙子回话。

"张老伯在下圆子?"苗小希问。

"对呀,店主、店员就他一个人。"

"啊?他就是张老伯?"我和苗小希傻了。

"别看张老伯年纪不大,做的圆子绝对好吃。"颜馨的口气像是张老伯的哥们儿。

不等我俩说别的,颜馨站起身,说:"走,看张老伯下圆子去。"

张老伯看上去也就二十出头。他正包着圆子,一绺卷发从白帽子里溜出来,他也顾不上塞回去。锅里的水开了,他先把火拧小,再将圆子一个一个放进去,然后说:"不能搅动,得让圆子自己浮起来。浮起来以后,再滚两分钟就行了,时间长了会破的。"张老伯就像老师在现场上课。

圆子一个接一个地跳上来,咕嘟咕嘟地翻滚着。张老伯拿着勺，看着圆子，也不知道是对我们，还是对圆子说："快好了，不急啊！"然后，还是看着圆子说："我为什么叫张老伯呢？因为我的名字叫张波。"

我和苗小希笑了，这哪儿跟哪儿！

张老伯说："我喜欢大家叫我'老波'，压得住点儿，是吧？这会儿开店，就干脆叫张老伯，顺口，反正早晚都要变成张老伯的嘛！"张老伯自己先大笑起来。

他这一笑，我们更觉得好笑。他的声音很清脆，配上张老伯这个称呼，实在滑稽。

"圆子要破啦！"颜馨叫道。

大家赶紧看圆子。圆子鼓胀起来，一副忍无可忍的架势。张老伯赶紧关了火，捞起圆子。

这热腾腾的圆子格外好吃，我吃着圆子，心情也轻松起来。对着颜馨，我虽然想起了比赛的事情，但现在也不觉得这有多么严重了。再说，就算是颜馨去，又怎样呢！

苗小希也想起了比赛的事情，她问颜馨："作文比赛的事你知道的是吧？"

颜馨点点头，"嗯"了一声，接着吃她的第二碗圆子。

"俞老师选的是你？"苗小希也太直接了，我不知道该怎么阻止她说下去。

颜馨眼睛瞪得有点圆，"俞老师说的？我不知道啊！"看得出，她是真的不知道。

苗小希看我一眼，又问她："如果选的是你，你去

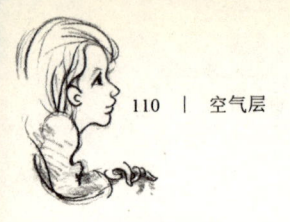

不去?"

"去呀!"颜馨说。

"也是,去了才有机会拿第一嘛!"苗小希的话听着别扭。

颜馨笑笑,说:"我呀,去不去,拿不拿第一,都无所谓。"

"真的吗?都无所谓?"苗小希话锋一转,又问道,"那你干吗不来上课啊?"

"我去乡下看奶奶,奶奶病了。还好,看了医生后,好了很多。"她停顿一下,又盯着苗小希说,"你怎么突然问我这个?怪怪的。"

苗小希咕哝说:"好奇呗。"就低头往嘴里塞了一只圆子。

我怕颜馨再问苗小希,就对颜馨说:"我觉得你这么想蛮好的,也蛮潇洒。"

颜馨喝了一口汤,说:"我家有一本去年的优秀作文集,里面有一篇作文只得了优秀奖,可我特别喜欢,很有想象力的。得一等奖的那篇吧,写得也挺好的,是大家都认为的那种好。"停顿一下,她说:"我还是喜欢前一篇。"颜馨又指着碗里的圆子说:"嗨,这就像张老伯的圆子,好吃就行了呗!"

"这倒是。"我冲颜馨点点头。

苗小希也点头说:"对。"不过,苗小希还惦记着比赛的事,她问:"那比赛你俩到底谁去呀?"

我说:"干吗老是比赛比赛的?"

颜馨冲苗小希说:"你去。"

"你俩这是要弃赛呀!"苗小希转一下眼珠说,"还是比一比吧!非正式。"

"好啊!舒子曰,咱俩就——"颜馨看一眼厨房,"写写张老伯?"停顿一下,又说,"看看苗小希喜欢谁写的张老伯。"

"好!"我兴奋地应道。

"还有我!"张老伯叫道,"我倒要看看我被写成什么样子!"

我们都笑了,笑得十分畅快。

走出张老伯的小店,我感觉爽爽的。今天是阴天,还有些潮湿。但我知道,太阳一直都在云层后面照耀着我们。

普通生毛里里

毛里里一共才做过两次小组轮值组长。他做组长的时候,好像没发生过什么特别的事情。毛里里的组长做得到底怎样?估计连他自己也说不清楚。

英语课上,每个人都为自己取了英语名字。女生有叫艾米、凯西的,男生像什么杰克、比利等。

还有人给自己取了伏地魔的名字。老师问他:"伏地魔,你想好了?"

大家笑成一团。

问到毛里里的时候,他想了几秒钟后,不好意思地说:"还没想好呢!"

有人打趣说:"有这么难吗?把姓倒过来就行了,叫——里里·毛。"

"哎,这个好!"有人叫。

班里哄堂大笑。

毛里里也不恼,反而笑着说:"好的呀!就是……"

下课后,同学们的兴致都很高涨,呼啦一下就围住毛里里,嚷着要给他"理理毛"。

毛里里呢,他将手臂交叉放在桌上,再把脑袋立在上面。不管"毛"被怎么梳理,他都笑嘻嘻地转转眼球,一副很享受的样子。

女同学看他那样,就叫:"毛里里好萌啊!"

后来,越来越多的人都爱时不时地给他"理理毛"。毛里里感觉在"理理毛"的时候,那些手又软又温暖。就连成绩好得不能再好的方程竟也凑了过来,要知道他平时可是没工夫和大家玩的。还有爱掐架的熊雄,真没想到,他的手也是软软的,根本没有平时凶巴巴的感觉。

毛里里想,同学们对他真好!

同学们也想,毛里里好可爱!

学校里,毛里里压根就没有整天黏在一块儿的朋友,就是那种连上厕所都舍不得分开的小哥们儿。不过呢,这反而使得毛里里与更多的同学接近,特别是被很多同学"理理毛"之后。

课间,几个同学正聊得起劲,看见毛里里就围住他问:"里里,快告诉我们你以后最想做什么?"

毛里里想了一下,说:"你们先告诉我好了。"

同学们就急着说了一通,也听不清宇航员、作家、玩具设计师、老板、心理学家、海军军官等该归给谁,反正大家只想快点说完,好听毛里里怎么说。

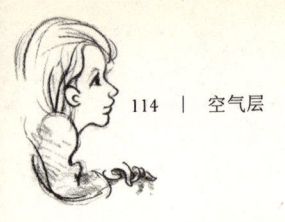

毛里里呢，不紧不慢地说："我想当骑兵！"

大家听了都愣住了。

"什么？真逗！现在哪有骑兵部队啊！"有人叫道。

"以前有哎！好像有骑兵连什么的。我在书上见过！"有人喊。

"现在都用导弹了，谁还骑着马冲过去挨枪子啊！"又有人抢着说。

大家听了笑起来。

"我说里里，你难不成最多只想当个小连长？"有人问。

"骑兵连长可不是想当就能当的。"

毛里里这么一说，大家看来看去，不知道该怎么接他的话了。

过了好些日子，还是有人想不明白。毛里里说要当骑兵，是不是跟大家闹着玩呢？因为这简直就是说梦话嘛！他为什么说要当骑兵呢？

说自己想当骑兵，是毛里里想起了武爷爷的故事后，很佩服武爷爷才这么说的。

毛里里没见过武爷爷，骑兵连长武爷爷的故事是爸爸讲给他听的。爸爸讲的时候声情并茂，毛里里听得出爸爸是非常崇拜武爷爷的，这点也让毛里里更羡慕当骑兵了。

不过他也知道，当骑兵是不可能的了。但是，武爷爷的故事还是深深地印在了他的脑海里。他想象武爷爷率领骑兵连策马飞奔的样子，真是痛快极了！很多个日子里，

毛里里感觉在「理理毛」的时候,那些手又软又温暖。

毛里里不管做什么，都感觉到马蹄奔腾的节奏和速度，这使他劲头十足，浑身充满了力量。

毛里里真渴望骑马啊！

放假的时候，爸爸带他去了牧场。毛里里想象骑在马上奔跑的感觉，就像武爷爷那样。当他刚跨上那匹漂亮的深棕色大马，便顿时有了威武的感觉，好像武爷爷附体了。可马是被人牵着走的，步履慢慢吞吞。毛里里在马背上，身体也跟着晃动起来，软绵绵的。他心里一阵沮丧。这哪是骑马，简直就是遛马嘛！他明白，再也不会有武爷爷和武爷爷的马了，他也就此打消了骑马的念头。

毛里里原以为他已经忘了武爷爷的故事了，直到他有了当探警的愿望后，心里又升腾起那股熟悉的力量。他这才知道武爷爷其实一直在他的心里，只是武爷爷变成了小闻叔叔。

当探警这件事是毛里里的秘密，他没有对任何人说起。倒不是故意要瞒着谁，相反，他特别想跟谁说说这件事，但他还是拼命克制了想说出去的冲动。当探警是很神秘的！他一想到要当探警，就忍不住瞄一下四周，再偷笑一下，看见的人都被搞得一头雾水。

当探警这个念头，并不是毛里里哪天醒来时的突发奇想。起因是爸爸很偶然地遇见了他的小学同学小闻，爸爸说，周末的时候小闻要来家坐坐。

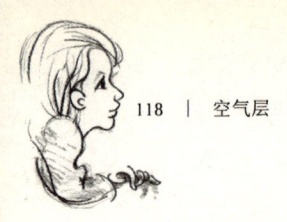

当爸爸告诉毛里里,小闻是公安局刑侦队长时,毛里里立马来了兴致。那可不是一般的警察呀!他想象小闻叔叔个头一米八,不,是八五,身穿警服,威风凛凛的样子。当然啦,不穿警服的时候就穿黑色皮夹克,或长风衣,还要戴墨镜。话呢,一般都很少。不怎么笑,很酷的样子!毛里里把小闻想象成这样,这都是受了电影什么的影响,那里面的侦探刑警都是这样的!他越想情绪越高涨。

可是,毛里里刚见到小闻时,还是挺失望的。

小闻个头也就一米七左右,穿着浅灰格纹短夹克,没戴墨镜,完全不是毛里里脑子里探警的架势。倒是小闻原本白白的肤色像是被晒黑的,这点看上去还算符合探警的身份。

不过,毛里里很快就和外表普通的刑侦队长亲近起来。他从小闻口里得知,其实探警看上去和普通人没有什么区别。

"就像我,是吧?"小闻边说,边用手在身前比画了一下。

他还说:"办案的时候,看上去越普通越好,要不然你还没有完成蹲守或跟踪,倒被对方先发现了。"

毛里里想,对啊!只有真正的探警才会这么想!小闻叔叔真不愧是刑侦队长。

那天,小闻见毛里里对他的工作那么感兴趣,就把毛里里叫到窗前。他先看了一下外面,然后指着小路对面站着的老太太说："你猜猜，那个婆婆左看右看地想干吗？"

毛里里一看，马上说："急着要过马路呗！"

小闻说："有可能。但我想，她应该是在等人。"

为什么呀？毛里里糊涂了。

这附近有个菜场，还有一个大学的学院。这条小马路其实就是一条小区间的通道。每天，驮着大包菜的电瓶车、黄鱼车和骑着自行车来来去去的大学生们将这条小马路挤得东扭西歪，想要横穿过去还真不容易。

小闻又说："你看，如果说她着急过马路，她会一边观察车流情况，一边身体下意识地往前蹭。这个婆婆只是来回地看，身体动的话，也不是向前的。"

只一小会儿，还真从一边来了一位老太太，大声招呼站着的那位，两人说说笑笑地朝另一边走了。

"小闻叔叔真厉害呀！"毛里里喊。

他还缠着小闻，问了许多和探警有关的事情。说到需要保密的地方，小闻就拿根食指竖在唇上，对着毛里里笑。毛里里想，小闻叔叔什么时候都不忘自己是探警。

他打心眼里崇拜小闻。

小闻来了之后，似乎再也没有走。他好像嗵的一声跳进了毛里里的身体里。毛里里时常想着小闻说过的话，渐渐地感觉自己也有了点探警的味道，就连身上穿的也像是探警的便衣，他还因此注意到了以前不太会去留意的事情。

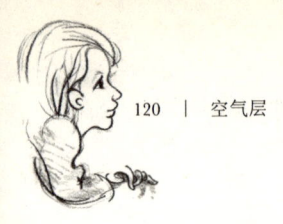

就说方程吧,平时不爱搭理人,也不和大家一起活动,下课除了去厕所,一般都在座位上翻翻书、做做作业。这很正常,谁让他成绩好成那样,比别人认真有什么奇怪的。

可是,毛里里偏偏觉得奇怪。他发现有时候方程看起书来注意力并不都在书上,有一次,他还瞄到方程露出台面一半的书竟然拿反了。还有一些时候,方程会留意周围同学的说话玩耍。

有一天,毛里里发现方程的眼睛有点红红的。一定是发生了什么事,毛里里想。

中午的时候,毛里里偷偷跟着方程,想弄清他究竟怎么了。

毛里里没有紧盯着方程,而是隔开一段距离,这也是从小闻那里学来的。他看见方程走到一个僻静的拐角就停住了。

方程看上去好像有什么闹心的事。毛里里看见他烦躁地走来走去,还嘟哝着什么。那声音有点低,毛里里听不清楚。过了一会儿,方程看上去越来越气,竟使劲地踹墙,嘴里嚷着:"什么弟弟!我都不认识!"

方程还有个弟弟?为什么会说不认识?毛里里想不明白,但他看得出方程很难受。他没料到方程生起气来也这么厉害!换了是熊雄,就没什么好惊讶的了。毛里里不知道该怎么办。他想,要是换了小闻叔叔会怎么做?

方程慢慢停了脚，蹲了下来，头埋在臂弯里，好像很难过的样子。

毛里里后来想，如果那天再多点时间，说不定能想出好办法。可是，没时间了。毛里里不知道怎么办的时候，他看见班里好些同学正朝这边走来。他想，方程一个人偷偷跑到这里，就是不想让大家看见。来不及了，毛里里顾不上多想，他把手里的沙包往方程那儿扔过去。

方程听到声音，看到了毛里里。他捡起沙包。

毛里里跑过来喊："嗨！方程！看见我的沙包了吗？在哪儿呢？在哪儿呢？"一边四下找沙包。

方程在毛里里靠近前，把沙包扔到毛里里手里。

毛里里停住说："他们都过来了，要打球呢！咱俩去扔沙包好吗？看谁扔得远。"他边说边把沙包使劲扔了出去。

方程也不看毛里里，只顾跑着去捡沙包，喊道："好啊！"又把沙包扔到远处。

毛里里到现在还记得，那天方程扔沙包扔得很痛快。放学的时候，看上去心情已经好多了。

后来，毛里里没再去问方程他弟弟的事。他觉得方程并不知道自己难过的样子被他毛里里看见了。

这件事除了毛里里，再也没有第二个人知道。

但是，毛里里还是很想问问小闻，自己这么做，以后能当个好探警吗？

城堡音符

1

伏喜是我的同班同学。自从她转学到一所名校后，我的日子更不好过了。我刚上四年级，我妈就整天唠叨："没多久了，再不抓紧怎么得了！你看人家伏喜……"最近，我发现她的声调又提高了八度。

为了让妈妈放心，我发誓要把所有时间都用在学习上。我连去学校的路上都在背英语单词。有时候，怕遇到伏喜，我还会绕开她家的楼。

我们花街小学就在我住的小区里。我家离学校很近，上学用不了五分钟。每天早上，我沿着一排低矮的老式住房，再拐过一片灌木丛，就看见教学楼了。教学楼被后面其他小区的新式高楼群一衬，显得又矮又旧，孤零零的，虎着脸，像有满肚子的委屈又没人理似的。

小君却说，她喜欢这座房子，说它看上去像一座城堡。经她这么一说，果然，那青灰的砖墙，还有背阴墙面上浓绿的青苔和沿着墙体自由生长的藤蔓，都好看了许多。走进这座楼也变得有趣了。

2

小君来之前,好像没有发生过什么有趣的事。每天早自习的默写、背诵为我们一天的学习拧紧了发条。不过到了下午的第二、三节课时,还是忍不住犯困。但就算任课老师没看着,也绝不敢趴在桌上打盹,因为后门小窗口上经常会出现班主任严老师的眼睛。

直到现在,我还清楚地记得,小君来的那天是一个周五的下午。好些日子以来我都觉得奇怪,你想,一般转学都是在学期开始的时候,或者月初,最起码也是周一吧?就像老师们开学时经常说的,要有新的开端。

严老师把小君带进教室的时候,我们正被暖暖的太阳裹着,同瞌睡虫斗来斗去。看见小君,大家都来了精神。要知道,成绩好些的、家里有条件的,都想往外转去更好的学校,就像伏喜。现在,居然还有人转来我们这种在社区里的小学。周五下午转来的小君,好像不是来学习的,而是来做我们的玩伴的。

小君总是笑眯眯的,后来我们就经常叫她"小眯眼"。小君坐到了原来伏喜的座位上。这是正中间的位子。伏喜走了之后,每天上课的时候,中间都缺一块,像烘着的蛋糕被哪个馋猫偷偷抠去一口,叫人扫兴。小君来了,感觉课堂也变得完整了。

3

我发现严老师特别喜欢小君。没多久,我就找到了答案。就拿背英语单词来说,我每天早晨、晚上地背,一到默写的时候,单词们就犯起人来疯,根本不守秩序,常常一哄而上,把我的大脑挤爆。小君真神,笑眯眯地就拿了高分。我向小君取经,小君却说:"没什么,我以前背过。"

没过多久,小君就成了我们班成绩最好的学生。让我们泄气的是,她的学习一点也不比我们累。我还看见严老师和体育老师咬耳朵,我猜大概是要照顾身体有些单薄的小君。我真羡慕她,成绩好,老师什么都照顾。

大家都很好奇,小君完全可以上名校,为什么要来我们这里?小君原来到底在哪里上学?

有同学打听到,其实小君就住在教学楼后面漂亮的高楼里。小君之前上的确实是名校。怪不得。我一定要亲口问问小君。

不过,大家喜欢小君并不只是因为她成绩好。小君来了没多久,教学楼就好像有了改变。每天走进来,好像总会有一些有趣的事发生。

4

又到了劳动课,牛高马大的吴老(我们都这么叫吴老师）这节课上的居然是钩织。他费力地用钩针挑着彩线，比画半天我们也不知该怎么下手。

　　劳动课是最受欢迎的课，也是最吵闹的课。吴老一般不怎么管我们。大半节课，吴老自顾自地捏着好不容易才钩得有点像一元硬币大小的东西，说要让我们学习钩织最简单的茶杯垫。我真担心吴老粗壮的手指头狠狠捏着的那一小块东西，还能不能变成一个正常的茶杯垫。

　　其实担心是多余的。看看大家的表情就知道，没有谁会在乎两天后能不能交出这样的作业。

　　没想到小君举起手，说要上去试试。大家很好奇，注意力都集中到了讲台上。小君呢，好像不怎么费力，很快就钩好了一小部分。吴老松了一口气，亮着嗓门要大家后天把"作品"带来。

　　小君还有这两下子？谁都没想到，大家又惊讶了好半天。不过就算这样，我还是没打算交"作品"，因为两天后要英语测验。

　　早晨，小君一进教室，就拉我到窗台前，给我看新织的茶杯垫。青葱般的翠绿，像刚采摘的带着晨露的叶子，表面还有些镂空的花朵形。

　　还没等我拿过来细看，小君突然又竖起杯垫，遮住我的眼睛，兴奋地问："好不好看？"

　　透过镂空杯垫，那一向平淡无奇的景色被刻成了别致的花朵和一些有趣的图案。小君还像魔术师一般，在杯垫

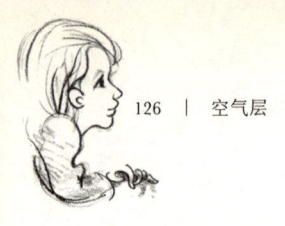

外换上不同的彩色透明纸。好神奇呀!我看到了完全不一样的景象。我仿佛来到了非洲沙漠,又走进了热带雨林……

一上午,我像喝了提神饮料,人变得轻松起来,英语测验也不觉得那么可怕了。成绩一出来,竟没有平时那么糟糕。当然啦,离我妈的希望还差得远呢!

下午最后一节课是体锻课,我在一旁发呆。小君悄悄拉起我的手,说带我去个地方。

5

我跟着小君来到教学楼最顶上的阁楼层。这里放了一些废弃了的体育用品。我从来不知道还有这样的地方。窗外射进来的光束中,滚动着无数的尘粒,像是把时间打散了,竟能轻松而随意地握在手心里。

一眼望去,斜顶的窗口上涂满了蓝天和白云。我和小君趴在窗口,感觉离天很近。

小君问:"你觉得什么在浮动吗?"

"当然是云啊!"我说。

小君笑眯眯地看看我说:"你没感觉到这座城堡正在浮动?"她总有让人猜不到的答案

小君这一说,我真的感觉城堡好像轻轻腾了起来,在空中有了慢慢的动感。那掠过的云朵里,像藏着记忆中最开心的事。

"嗨！看啊！我摸到了天空的脸！"小君伸着胳膊大叫。

小君的快乐真多，小君的快乐新鲜又奇特，小君的快乐很快就能传给别人。这一天，我真开心。好些日子以后，我还是会想起这天下午和小君在一起的情景。我常常想，小君为什么和我们这么不同呢？还有，这天我俩说的话，我怎么也忘不了。

就在静静的阁楼上，小君告诉了我很多她的事情。

小君的确就住在隔壁小区的高楼里，从一所名校转来。小君说，原来的学校路远，得很早起床，读书实在太累。而且，周末还要上辅导班。

这倒是。我想起周末遇到伏喜，总是看见她无精打采地赶着去上课。平时我可从来碰不到伏喜，她走得早，回来得晚。我真羡慕小君有个不一般的妈妈。换了是我妈，只要可能，巴不得把我赶紧送进名校。

"哎！我真想赶紧长大，这样就不用老听我妈嚷嚷了。"我叹口气，想了一下又说，"可我又想慢点长大，我还没好好玩呢！"

小君一脸严肃地说："嗯，我也这么想过。"她灵机一动，又说："有时光机就好了！想长大的时候才长大，不想长大的时候就让时间停下来。"

小君又告诉我，其实当时进了名校，最高兴的就是她妈。还说她妈希望她将来做个外交官。原来做妈的都一

样,我有点失望。

"我妈吧,总埋怨我成绩不好,说这样下去以后怎么进好大学。还说家里又没钱送我去国外念书。"我说的时候,感觉自己很没出息。

"那你有没有喜欢学的东西呢?"小君问。

"我也不知道。我就想分数考高点,让我妈高兴。"说完,我又问小君,"难道你要做外交官?"

"做外交官应该很神气吧!"小君停了一下,忽然说,"我妈后来再也不提外交官了。有一天她问我,现在和以后最想做什么?"

"对呀,你最想做什么?"我急切地抢过她妈妈的问话。

"太多了!我呀,一下子说了有十七八个!什么开花店、做编织老师……"小君两手在空气中画了一道漂亮的弧线,好像捧了一只鼓鼓的大气球,里面充满了她的愿望。接着,小君神秘地转转小眯眼,说:"最后啊,我指着这栋房子对我妈说,我要去这座城堡。没想到,我妈一口就答应了。"

听了小君的话,我想我也要好好想想这个问题,说不定有一天我妈也这么问我。

离开的时候,小君对我说,这个寒假想坐船去航海,要是遇到风浪,最好能当回船长。还有,要听许许多多关于海盗的传说。最后她钩钩我的手指头说,一定给我带回意想不到的礼物。

分手时，我也许下了一个愿望，没告诉小君。

6

寒假的前一天，我再次和小君约定，等她"出海"回来，一定要把有趣的故事第一个讲给我听。有了和小君的约定，我觉得整个寒假的补习课也不那么难熬了。寒假快结束的时候，我忍不住给小君打了电话，小君家没人。我真羡慕小君，长长的旅程快活得竟忘了回来的日子。

开学了，一直没见小君的身影。课间，经常有同学问起她。我望着教室中间的空座位，总感觉小君还在那儿坐着，只是隐身了。我不知道什么时候才能听到小君亲口讲她"出海"的故事，而我每天上学的步子倒变得越来越急促了。自从小君来了以后，教学楼好像真的变成了一座有趣的城堡，我每天总会期待着什么。

后来，小君到底去了哪里，成了一个谜。有的说，小君还是被她家长送去了全寄宿名校；还有的说，小君生了重病，开学前已经……我实在难以相信！我想，小君一定是这一路遇到的趣事太多，忘了回来。

好些日子以后，大家不再提小君的事情了。我那天偷偷许下的愿望也像化了一半的硬糖，卡在了我的喉咙口，我费了好大的劲才咽回肚子里。

有天清晨，不知道是谁在蒙着雾气的教室窗玻璃上，

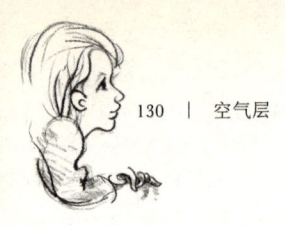

用手指头画了一张女孩的脸。透过那对清澈、透明的小眯眼，我真真切切地看见了远处微笑着的好风景。窗上的画渐渐淡了，小君不见了。

我想，我不会忘记小君。当我发现了一座又一座城堡时，我和小君一定能同时听得到里面跳动着的好听的音符。其实，不管是谁，只要用心，都能听得到。

候补没有公式

两天前的上午,上课铃还没响,班主任艾米就进教室了。艾米姓艾,艾米是她的中文名字。也许是教英语的缘故,她让我们直接叫她"艾米"。她走到我跟前,摸着我的头,说让我有时间去看一下布告栏。我被评上了优秀生,正在公示呢。

我听了这消息倒不怎么兴奋,只是松了一口气,就像没有悬念的事情得到了证实。从我上学以来,每学期的优秀生评比都有我。这除了因我的学习成绩好外,应该还和我经常在一些学科比赛中拿奖有关。艾米肯定了我为班级和学校出的力,妈妈更是夸我省心,说我以后一定能升入最好的学校。我明白,我学习好也不是因为我比别人聪明多少,或者说有什么诀窍,我只是多花时间、多用功呗。

要说聪明谁还比得了高飞宇呢!艾米又走到高飞宇位子前,拨开几颗脑袋,用手里的纸卷轻轻敲一下高飞宇的头,说:"叫了你,为什么不去办公室?奖状也不要了?"

没等高飞宇反应过来,奖状已被手快的抢了去。原来

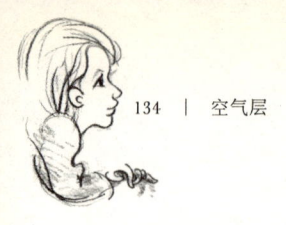

高飞宇参加绘画比赛又得了奖。一片吵吵声中,高飞宇一把抓过奖状塞进位斗里,摇着头说:"还是有个地方没画好,要是再重新画一下就好了。"

高飞宇就是这样,对得奖啦、成绩啦,还有评选什么的,总是满不在乎。他的考试成绩不过中上,可他却是我班公认的才子,他负责的板报哪次不是全年级最棒的!下课了,只要他在座位上,男生们就会立马围上去,黑乎乎的脑袋都凑到一块儿。远了看,就像一个粗壮的铅笔头戳在那儿。

艾米挺喜欢高飞宇的。就是对着他生气的时候,嘴角也是微微地上扬,好像生气并没有那么厉害。那天的英语课上,高飞宇不知哪根筋搭错了,上着课竟偷偷画了一张艾米的素描。画里的艾米原本挺漂亮的,高飞宇偏偏加了胡子。他把画竖在课桌上欣赏的时候,引起周围一阵爆笑,耽误了上课。艾米气呼呼地罚高飞宇去办公室背一星期的英语单词和课文。那张画也被艾米擦了胡子压在办公桌的玻璃下。

按理说,高飞宇用功一点,一年多以后完全可以进很好的学校,可他却说,他想进离家最近的那所普通中学。他说这样可以轻松点,可以有更多的时间好好学画。听了他的话,本来应该觉得可惜的,却反而有点羡慕他。

高飞宇在班里负责宣传,我负责学习这一块。组建班级健美操队参加全年级比赛的事,由梅雪晴管,她负责班里的文娱活动。

难道高飞宇和史瑞克打了赌？
我很好奇他们到底打了什么赌。
我猜和健美操比赛有关。

我和高飞宇都有事情要做，当然不会再参与健美操比赛。这对我最好不过。我心里清楚，就算参加了，不管我怎么练都不会比别人好多少。我的同桌乔真真挺兴奋的，昨天就抢着报了名，还悄悄跟我说："可惜呀！要是高飞宇参加的话，我班准能拿好名次。"

可是今天一早，乔真真就虎着脸告诉我，说史瑞克也报名参加了健美操队。这倒是出乎我的意料。

史瑞克是高飞宇的同桌，叫史卫禾。一年多前转学来的。他和谁都处不好，艾米只好让他坐在高飞宇边上。我的位子和史瑞克隔条过道。英语测验时，我看见史瑞克老是偷看高飞宇的卷子。成绩出来了，他俩不仅同分，连错的都一样。艾米就让他俩解释解释。高飞宇说，是他抄了同桌的卷子。艾米只好两人一块儿罚。

大家都觉得史卫禾是个怪人。这个史卫禾，上课的时候好像总是心不在焉；也不爱搭理人，视线总是朝下，脸上没什么表情，一副冷冰冰的样子。偶尔抬起目光，好像看着你，又好像根本就没看着你，总让人感觉这眼神后面透着一股倔强。大家一般也不怎么招惹他，只在背后叫他"史瑞克"。史瑞克的怪我觉得应该和他父母有关系。最近一次家长会后，我妈问我："你过道边的位子没有同学坐吗？"我觉得奇怪，说："有啊，怎么了？"我妈显出奇怪的神情，说："那怎么搞的，每次开家长会，你过道边的位子都空着。这父母做得！"史瑞克的父母太忙了？可是，

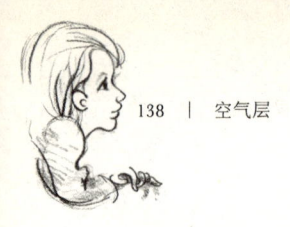

谁家父母不忙呢？史瑞克的成绩是差点，不过也还好嘛，他又不是最差的。再说了，我们班成绩差的又不是他一个，就算家长会后被艾米叫了留下来个别谈，不都还是来嘛！看来史瑞克的父母根本不关心他。

我是挺同情史瑞克的。我觉得史瑞克参加健美操比赛是一件好事，或许对他来说会有些什么改变也说不定。但我没这样对乔真真说，我怕她以为我是幸灾乐祸。

健美操队的四男四女都齐全了。梅雪晴却说，为了保证健美操的训练和比赛的万无一失，还得有一个候补。老实说，梅雪晴做事还是认真和细心的。课间，她找了几个人，都不肯。结果，她瞄上了我，说："要不你来凑个数？"

我知道梅雪晴总是看我不顺眼，好像我处处挡了她的道似的。我可不想为这事自找不快，再说做候补费时费力，还让人小瞧了。不过想到我还在公示栏里公示，直接说不干也不太好，我就对梅雪晴说："我健美操挺差的，别弄砸了影响大家。"

梅雪晴用眼角瞟了我一眼，说："这倒是。"就走开了。

放学前，我发现梅雪晴的表情已经阴转晴，看来候补有着落了。乔真真很快就打听到了谁是候补。她激动地告诉我的时候，我着实吓了一大跳。

她说："是高飞宇！没猜到吧，高飞宇主动要求做候补。"她来不及停顿，又说："高飞宇说了，他只做候补。"

为什么偏偏是高飞宇！虽说谁都可以做候补，但一听是高飞宇，我感觉像被迎面打了一拳。我走出教室的时候，真是说不出的难受。

经过布告栏，我停下来，那上面余多晓正在照片里冲大家微笑。这笑容原先看着还很自然，现在怎么越看越觉得假。照片旁边还有一段评语，是这样写的：

余多晓同学学习优秀，并获得市、区级阅读和知识大赛二等奖及优秀奖。校内她热爱集体，关心同学，处处以身作则，起到了班干部的模范带头作用。

我觉得这段评语像是梅雪晴特意写的，好让余多晓示众。如果把余多晓的名字和照片换成高飞宇的就好了，哪怕换成梅雪晴的也行。我不想承认我就是布告栏上的余多晓。看着布告栏，我心里一阵发慌。

健美操比赛是在几周后。梅雪晴他们就利用最后一节自修课商量比赛的事。也许是因为高飞宇的参加，比赛好像显得很有意思。他们几个凑在教室一角，声音压得很低，但是说得津津有味，尤其从乔真真的表情就可以看出来。我很好奇，不知道他们准备怎么排练。好在到了第二天早晨我就都知道了。

有高飞宇参加就是不一样。他们一开始商量的是用什么音乐。有人说《晨曦》好，梅雪晴也觉得好。还有人

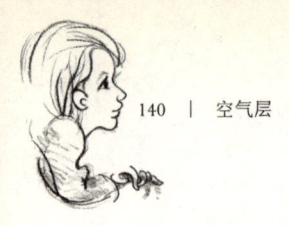

说，融入自编的健美操动作，这样既熟悉又新鲜，效果一定不错。大家都纷纷说好。只有高飞宇反对，说到处都在放《晨曦》，像广播操似的。最后在高飞宇的建议下，选了一首《初夏的风》，曲调明快、流畅，又清新、别致。

这些当然都是乔真真告诉我的。她太兴奋了，早上一见面，我还没问，就都说了。

没两天，他们就一边编动作，一边排练了。他们不光要占用最后一节自修课，还要到很晚才回家。这是我亲眼见到的。

自修课上完，我没有马上回家，还留下来做了一会儿功课。等所有的同学都走了，我悄悄地从窗口看高飞宇他们在操场上排练。我不想被他们看见，特别是梅雪晴。我看到很晚，直到看上去排练快结束了，我才赶紧回家。好在我家就在学校附近，多数时候我都能赶在我妈回来前先到家。

后来，他们每次排练我都偷着看。我不光想看他们编了哪些精彩动作，还很好奇史瑞克会跳成啥样。

有些事还真是让人出乎意料。高飞宇在我想象中应该是跳得好的那一个，可我看来看去总感觉他跳得有点怪，真搞不懂是哪里出了问题。反而是史瑞克一反常态跳得挺正常，也挺起劲的。高飞宇是不是有点急了，他趁别人在讨论动作的时候，竟拉史瑞克帮他练。

看来是我们把史瑞克看扁了。要不是练健美操，还真看不出他会在什么事情上这么投入。不过我还是想不明白，史瑞克怎么会主动报名参加健美操比赛？我敢打赌，如果他没参加，他肯定不会知道自己可以跳得这样好。

候补队员高飞宇一次不落地参加排练。不管谁临时请假，都由他来顶位。碰到女生请假，他就跳女生的队形，看着有点滑稽。有一天史瑞克没来，高飞宇顶了他的位子练，这也没什么奇怪的。但是高飞宇却像是换了一个人似的，跳得非常到位。我有点蒙了，一时回不过神来，难道高飞宇被史瑞克附体了？

课间，乔真真有点不爽地对我说，史瑞克不在，高飞宇跳得多好！看着吧，最后肯定还是高飞宇上。

最终，参加比赛的是史瑞克。我们班得了年级第二。

乔真真连着好几天都在为高飞宇不值，说他付出最多，最后连上场的机会都没有。乔真真还说高飞宇真行，幸亏音乐没用《晨曦》，这次两个班撞了车，都用了《晨曦》。有趣的是，乔真真挺激动的，高飞宇看上去倒没什么不高兴的。

艾米大大地表扬了健美操小组，尤其表扬了史瑞克。史瑞克好像并不怎么高兴，我听见他对高飞宇说："为什么要单单把我抓出来表扬？我跟别人不一样吗？"高飞宇还是用他那满不在乎的语调说："你没看出来艾米挺喜欢你的？"高飞宇就是这样，再难的事到了他那儿，都能轻松过关。

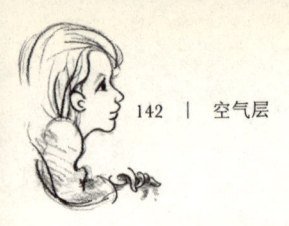

班会课上,艾米和梅雪晴捧着好些个袋子进了教室。这些袋子都系了彩色缎带,我猜是奖品。每只袋子都鼓鼓囊囊的,里面不知道是什么宝贝。据说每只袋子里面都不重样。我偷偷数了一下,一共是十只。为什么是十只呢?

八个参赛同学领了奖品。高飞宇也有。最后一只艾米没说要奖给谁,只是让梅雪晴来讲一些幕后的事情。

梅雪晴说:"在这次健美操排练中,我们班还有一位候补,就是不知道他是谁。"

这一说大家都好奇了,争着乱猜。

梅雪晴赶紧说:"他并没有参加我们的排练。当我们排练结束后回到教室,总是看见讲台上放着水和点心。这不就是后勤补给嘛!也是候补呀!想想看,大家又累又饿的,看见这些该有多高兴啊!"

大家一听猜得更来劲了。梅雪晴拔高音量说:"那水呀还被摆成我们排练时的不同队形,还分男女生呢!多有趣啊!"

大家一阵哄笑。有人喊:"这水还分男女呀?"

梅雪晴叫道:"瓶子是蓝的和红的呀!"等大家又笑过后,她接着说:"赛前的最后一次排练,还摆了一个V字呢!这不,我们就拿奖啦!"

大家还是笑。又有人嚷:"这哪儿跟哪儿呀!"

梅雪晴可顾不上笑,她一把抱起最后的袋子,着急地冲大家喊:"是谁呀?赶紧出来吧!"

看大家笑得不行，高飞宇在座位上不住地摆手，等大家稍稍安静一点，他对着梅雪晴说："看你急得！跟抓特务似的，谁还敢出来。"

一旁的艾米也忍不住笑起来。

在大家大笑、起哄和乱猜的时候，我偷偷地想：那只袋子里到底藏着什么样的奖品呢？要是能看一眼就好了。

班会结束后，最后的那袋奖品孤零零地跟着艾米走了。我正要离开，却瞥见高飞宇快速地把他的奖品袋塞进了史瑞克的书包。史瑞克要推，高飞宇不让，还凑近史瑞克的耳边说了什么。最后我好像听见高飞宇对史瑞克说："我输了，得罚嘛！"难道高飞宇和史瑞克打了赌？我很好奇他们到底打了什么赌。我猜和健美操比赛有关。

看来有秘密的不止我一个。

转眼就到了期末。大家都忙着备考。从表面看，史瑞克好像健美操比赛之后并没有什么明显的变化。他还是不爱搭理人，视线依旧朝下，嘴角没什么笑容。因为他在健美操活动中的一反常态，让我在比赛之后对他多了一些留意。我发现史瑞克变化还是蛮大的，只是他好像不太愿意让人看出来，才保持了原先那种冷冰冰的态度。

课间，他和高飞宇说话多了起来。测验卷子发下来后，我偷看到他的成绩也比以前好很多。艾米已经多次表扬了史瑞克。他看上去也不太抵触了，嘴角微微地扬起，不知道高飞宇是不是也注意到了这点。我想，史瑞克的父

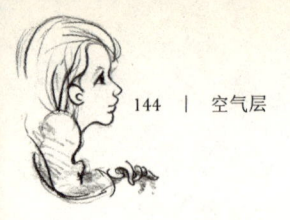

母知道了一定挺高兴的吧!

我相信这次家长会他父母肯定会来。我还特意嘱咐我妈,注意一下我过道边的空位子,也就是高飞宇旁边的史瑞克的位子,看看他的父母会不会来,要是来了,还要看看他的父母究竟是什么样的。

我还是头一次这么期待家长会的召开。家长会这天,我在家急切地等着我妈回来,期待她告诉我好消息:史瑞克的父母来了。

终于,我妈回来了。我赶紧问史瑞克父母有没有来。我妈缓缓地说:"这次你隔壁的位子没空着。以前老是不见家长来,我猜你这个同学学习恐怕不怎么好。哎!孩子表现差,做家长的总是没脸见老师呀!"

听说史瑞克的位子上坐着家长,我松了一口气。我说:"史瑞克自打跳了健美操之后变化可大啦!艾米都表扬了他很多次。"说完,我想了一下,又补充说:"不过,我总感觉史瑞克的变化和高飞宇有很大的关系。"

我妈听了连连点头,她接着说:"你的同学高飞宇对他这个同桌还真用心啊!"

我愣住了,听上去我妈好像知道得比我还多。

她说:"在开完会回来的路上,我真是纳闷,高飞宇的妈妈和史瑞克的爸爸走在一起,也没见他们聊什么。可是,走着走着,我听见高飞宇的妈妈说:'这小宇,干吗非让我们一块儿来!其他家长不都是爸爸妈妈只来一个嘛！幸好旁边的位子空着。'"说到这儿，妈妈停住了。

我怔怔地说不出话来。史瑞克，不！史卫禾，他的家长最终还是没有来。或许他已经没有父母，又或许他从来就没有父母。看来秘密并不都是甜蜜的，也会有很酸楚的。不过，有时候酸楚中又不都是酸楚的。

单数女生

清晨,露荷小学的门口热闹嘈杂。马小莲和妈妈道了别,就进了校门。

马小莲看见同班的女同学苏旺和薛婉吟走在她前面,还一路打打闹闹的。苏旺一边抢着薛婉吟的书包,一边假装冲她嚷:"你要再不给我看,我就不跟你排一块儿啦!"

薛婉吟就笑着说:"好好好,给你看。"说着,就从书包里掏出了什么。

马小莲没有追上去加入她们,她走在她们的后面。她下意识摸了一下背后的书包,好像听到包里有谁在和她打招呼,她觉得心里很踏实。

前面的两个人不知道看到马小莲没有,她们一路大声说笑,还勾肩搭背,走着曲线进了教室。随后,马小莲也进了教室。

每天早晨,一刻钟的早复习后,是升旗仪式和做操。到操场是要排着队去的,两人一排,女生在前,男生随后。马小莲最讨厌排队了,五分钟比五十分钟还长。杨友花来之前，马小莲都是独自排在女生组最后，就算没人朝她看，她也浑身不自在，好像总被人盯着似的。

去操场的路上，走在队尾的马小莲安静、娇小，像课文里用来断章的小标点。她时常眼睛看着地面，心里想：为什么非要两个人排一排？

这个简单的问题，对马小莲来说是没有答案的。

上课的时候，马小莲的烦恼似乎要少一点。她一般听得很认真，老师让她回答问题，她也能顺利回答，就是声音有点轻。坐在她前面的苏旺正相反，可能等不及地盼着下课，常控制不住地在位子上扭来扭去，搞得教室里老有嘎吱嘎吱的声响。老师只得停下来提醒她注意。这之后，如果马小莲站起来回答了问题，老师一般都会表扬她。而苏旺呢，则会白她一眼，搞得马小莲心里很不舒服。

班里的女同学不少。一到下课，她们就会立即三五成群地凑到一块儿。有时候，马小莲也想和谁玩一会儿，或者说说话，可是她怕自己主动搭了话，别人却不理她。她见过有些女生就是这样的。不过呢，她们虽然有点不高兴，一回头，仍旧乐呵呵地去找别的同伴了。

马小莲做不到像她们那样，她不喜欢这种灰溜溜的感觉，她觉得这样挺丢人的。她甚至感觉班里的女同学们好像不怎么喜欢和自己在一起。可是，我就一定喜欢和她们在一起吗？马小莲想不出在班里自己特别想和谁说话，还有，说什么好呢？

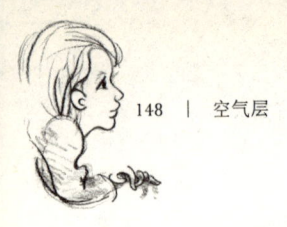

班里很多女同学喜欢在头上别一些发卡什么的，或者在书包上缀些毛茸茸的小玩偶，花样多得很。

马小莲的头上、书包上什么都没有。她在家里也偷偷地试着戴过，还把她很喜欢的小龙猫挂在了书包上。可是呢，马小莲一站到镜子前，就犯迷糊了。她呆呆地对着镜子里的那个人，心想：她是另外一个自己吗？还是自己变成了另外一个人呢？这让她很不自在，好像在和镜子里的人闹别扭。

每天，马小莲都会在书包里放一样喜欢的东西，像是做着书包里一切物件的首领。休息时间，她会将它拿出来玩一下或者翻一下，甚至上课的时候也会偷偷地将手伸进书包里摸一摸，这种感觉是很惬意的。

最近，她的书包里放的是一本厚厚的《毛毛》。这本书马小莲已经看过了，她还可以把书里的故事讲出来，有些还看不懂的内容她也不着急。再长大一些就能看懂了，她想。下课或午休的时候，马小莲趴在教室的窗台上，望着操场上的人，思绪却飘到自己的梦境里。她陷入了毛毛的世界，说着一些只有毛毛能听得懂的话，而周围那些闹哄哄的声音她好像根本听不到。直到上课了，尖厉的铃声将她的梦境戳破，她才又回到座位上。

铃声过后，杨友花走进教室。她戴着红红的绒线帽，脖子上米白的厚围巾将她的脸衬得圆滚滚的，不过这也使她看上去气色很好。

马小莲记得，杨友花走进教室后，先站在了门边上。大家看见她，都笑了。她也冲大家笑。许是外面太冷，一进教室又热腾腾的，加上有些紧张，杨友花笑的时候，竟打起了嗝。班里一阵哄笑。杨友花的笑容像定了格。看得出她想努力地把嗝止住，她的脸憋得通红。无奈，嗝还是照打不误。她打一个，大家就跟着笑出来。苏旺更是笑趴在课桌上，手掌还拼命地拍着桌子。班主任童老师只得简单地介绍一下新同学杨友花，就安排她坐到了马小莲的后面。

马小莲也觉得杨友花打嗝的样子很好笑。她还想，要是换了我，肯定不想再进教室了。就在这个时候，不知道为什么，马小莲想起了排队的事。想到队伍里孤零零的自己，再想想新同学杨友花，她的心里竟有些难过。

杨友花来了之后，别人常拿打嗝的事取笑她。看得出来，杨友花是真的生气。但是她不知道该怎么办，她只有冲着对方嚷："打嗝怎么了？我没看见你打，就能证明你从来不打嗝吗？"

马小莲心想，杨友花一点都不笨！还有，她的胆子也够大！换作自己，真不知道该怎么办了。

杨友花的回击，在大家看来还是很好笑。不过，笑完之后，大家也就不再拿打嗝的事笑话她了。只有苏旺还偶尔提起，杨友花照旧冲她嚷，只是看上去倒不怎么真生气了。有时候，这么吵来吵去的，双方又都会忍不住笑

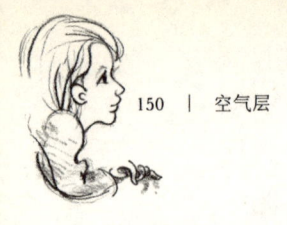

出来。

自从杨友花来了之后,排队的时候,马小莲是一个人,杨友花也是一个人,她俩自然就站到一排。

有了杨友花,马小莲在排队的时候就不那么难受了。不过看上去,马小莲显得并不很高兴,而且和杨友花也没什么话可说。

杨友花倒不在意,她不停地说话,也不管马小莲在没在听。说到兴头上,还忍不住拍拍马小莲的肩膀。排队的时候队伍里本来就吵,杨友花不知不觉就提高了嗓门。马小莲也不吭声,由她一个人说去。直到有人喊:"杨友花!吵死了!"她被打断后,就回一声:"要你管!"才安静下来。

后来,每次排队前,杨友花总要大声地喊:"马小莲,咱俩排一块儿!"然后,过来拉马小莲的手。别的女生看着,愣在那里。

再后来,马小莲也想在排队的时候喊:"杨友花,咱俩排一块儿!"只是她怎么也没能喊出口,私底下也没好意思对杨友花说。她偷偷地把《毛毛》塞给了杨友花。

等到杨友花把书还给马小莲的时候,她还加了一本《水孩子》。

马小莲一看,有点激动,她对杨友花说:"真没想到你也爱看《水孩子》!这书我也有。"

杨友花更激动,眼珠都要瞪出来了:"太好了!我也看了好多遍。书里的故事就像是真的一样!"说完这句,她又一脸认真地说:"《毛毛》我看了,我好佩服毛毛啊!她太勇敢了。那些灰先生……哎呀!我一想起来……"杨友花突然停住,朝两旁张望一下,凑近马小莲小声说:"那些灰先生真可怕呀!一连好几晚,我都躲在被子里想,换了我是毛毛,还不知道会被吓成什么样呢!"说完这些,她表情又快活起来,说:"我最喜欢卡西欧佩亚了!还有时间花,好神奇呀!"

杨友花说的时候表情变化大,显得有点夸张。马小莲没有笑她,她觉得杨友花说话的神情很认真。她喜欢杨友花。

课间,或者午休的时候,她俩时常趴在窗台上。杨友花话很多,有时候她还会唱点什么,惹得其他同学也围过来凑热闹。

杨友花安静的时候,马小莲就会和她聊聊《毛毛》。马小莲发觉杨友花应该没有把《毛毛》的每一章看全,有些章节估计是跳过去的。马小莲没去问杨友花,她心里想,这有什么要紧,自己也有看不懂的地方,以后再看就会懂的。马小莲在心里挺羡慕杨友花的,她还觉得和杨友花在一起很快乐。她做梦也想不到插班的杨友花过了一学期又会离开。

杨友花被她家人又带回老家去了。杨友花没说为什么要走。马小莲吃不准她是不知道为什么要走,还是不想说,反正杨友花没说,马小莲也不知道怎么问。

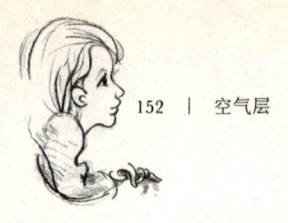

走之前,马小莲问她:"还回不回来?"

杨友花说:"得看情形呢!"说完,杨友花的态度又变得很坚决,她搂着马小莲说:"我会很快回来的,你要等着我啊!"

马小莲用头碰了一下杨友花的头,说:"好,我等你。你可要快点回来呀!"

杨友花就这么走了。

杨友花什么时候回来呢?马小莲想。马小莲一个人排在女生组队尾,满脑子都是杨友花的声音,还有她的笑。

杨友花就是不回来了,也不要紧呀!马小莲想到以后什么时候可以去找她,心里就一阵兴奋。马小莲还想起杨友花说过,她的家乡到处都是油菜花地。四月里,天气好的时候,花地亮得你都睁不开眼睛。马小莲见过油菜花地,鲜黄的油菜花成片成片的,好看得很。可是杨友花说,油菜花地不能光看,得钻进去才好玩。出来的时候,浑身都是金灿灿的。

马小莲正想着,听到有人喊:"杨友花没来!"

大家都看向马小莲。

"听说她退学了,昨天我看见她舅舅来了。"另一个人说。

静了一会儿,一个声音又起:"这个杨友花,平时跟个话痨似的!没想到,走的时候连个招呼都不打,就这么溜了?"

有人笑。

"杨友花没溜!"马小莲气呼呼地喊出来。大家看着马小莲,都愣住了。马小莲自己也挺惊讶的。

一个女生说:"排队的时候就数她吵,这不在了,还挺想她呢!"

大家又静了片刻,有人问:"马小莲,杨友花说了她还回来吗?"

马小莲冲他点了点头。

"什么时候?"他又问。

"很快。"马小莲脱口而出。

马小莲相信她的好朋友一定会很快回来的,只是再见到她之前自己会非常想念她。

课间,有人喊:"杨友花,书借我一下。"说着,还望向杨友花的位子。

"怎么搞的,巧克力也不要啦,杨友花!"又有人嚷。

"嗨!杨友花怎么还不回来,我都快闷死了!"说这话的是苏旺。

"杨友花说不定马上就回来喽!"后排的谁说了一句。

大家将脸齐齐地扭过去,谁都不吭声,只狐疑地看着说话的人,像是要分辨一下那句话的真假。

每到排队的时候,不管身边有没有人,马小莲都觉得自己并不孤单,也不再是单数。她总是听见大家的吵闹声,这里面也有她自己的声音。

那个大头

每天傍晚,我都在窗前写作业,不时望一眼天上的云。有时候看到的是一只"羊",或是白雪还未消融的"山峰";有时候则是一艘坐着"孩子"的"船",披着橙红色晚霞,轻悠悠地往远方去。

我爸却说:"云就是云呗,一堆积就下雨了。"

我妈的形容更让我无语:"云呀,就像一朵朵棉花。"

我爸就爱茶,白的、绿的、红的和黑的都爱喝。我尝一口,苦苦的,也没觉得好。我爸就说我是小孩,品不出味来。看着他叼着紫砂壶的样子,我真纳闷:难道他打小就喝上茶了?我想象不出我爸也有小的时候,好像他一出生就穿越成爸爸了。

我妈每天都比我爸回来得早,看我专心做功课,很是高兴。她都顾不得先喝口水,就给我热一杯奶,还说:"饿了吧,这就做饭。"看她忙碌的样子,我想:"棉花"就"棉花"吧,我妈才没工夫看云呢。

其实,我并不都像我妈看到的那样。坐不住的时候,

我想起那天看到的『云船』和『船』上的『孩子』，说不定『船』上坐着的正是大头呢，我愉快地想。

我会东翻西找,想趁她回家之前干点什么。我无意间发现了一本叫《草疯子》的绘本,它被压在书柜底层。

我翻开它,里面竟然夹着字条。字条很平整,好像没被动过。我看到"大头"两个字,觉得好笑。谁是大头?我的好奇心被勾了起来。

字条上是这么写的:大头!你说话不算话,说好一起去的,你倒先跑了。我不会再理你!

字迹歪歪扭扭,看得出写的人很气愤。我猜写字条的人和我差不多大,而且《草疯子》一定放了很久,它的边边角角都有点发黑了。

大头是谁?我边做作业边嘀咕。云是安静的,不管我说什么、做什么,它都一律揣进肚子里。

那个叫大头的是不是经常干一些有趣的事?他会干一些什么样的事呢?想到字条上气呼呼的语气,我忍不住又笑。

那个大头到底是我爸还是我妈呢?不知道为什么,我觉得我妈更有可能,这或许和她的性格有关。不过,我想到"棉花"有点扫兴。但是话又说回来,都说人是会变的,我也不知道我妈小时候到底是怎样的。我妈应该看过字条吧?那她后来说先走的原因了吗?还是我妈根本就没看到字条?

那个叫大头的,虽然不认识,却似乎并不那么陌生,这种奇特的感觉让我很高兴。

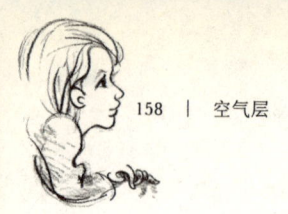

吃饭的时候,我时不时地留意我妈。她会是那个大头吗?可惜,饭都快吃完了,我也丝毫没看出那个大头的影子。

我妈对我不时看她很不自在,她问:"怎么,不认得你妈啦?"

说老实话,不管怎么努力,我也还是没能将大头和我妈合二为一。我说不清是失望还是高兴。我低头吃饭。

我妈放下碗说:"儿子,你有事?"

我摇摇头。

"肯定有事。说吧!"我妈催我。

我忍住没说。

我爸说:"是不是搞恶作剧呀?"

被我爸一说,我干脆转转眼珠,蒙混过关。

我妈估计我没做什么让她揪心的事,就说:"不是烦心事就好。"再懒得理我。

吃完饭,我妈收拾去了。我爸照例泡茶。

今天是上班的日子,看到我爸拿的茶叶罐头,我问:"怎么喝老六堡呀?"

他看我一眼,从罐头里撮出茶叶。

我爸只有到周末才喝老六堡这样的黑茶,或滑竹梁子古树普洱茶,说是喝了睡得舒坦;上班的日子都喝黄山毛峰、高山云雾等绿茶。一般吃完饭,我爸泡壶茶就进书房了,我常听到他一边打着哈欠,一边拖着喊:"写报告——写报告——"搞得我也犯起困来。而我妈总是精神抖擞地看着电视,等着我做完作业签字,像个验收官。

"这茶有那么好喝?"我没话找话。

"不做作业啦!"我爸冲泡很投入,同时扔一句话给我。

"你今天不写报告了?"我自顾自问。

我爸再看我一眼,然后说:"好吧,允许你喝口茶。"

我趁机问:"你知道我妈小时候……"

"你妈小时候我怎么知道?哎,不是有照片嘛!"我爸敷衍我。

我当然看过我妈小时候的照片,除了和现在有一点相像外,真看不出别的什么来。但是,有些事谁知道呢!

看来我爸今天真不用写报告了。他往工夫茶的小杯子里倒了一点给我,然后啜一口茶说:"你妈小时候肯定老实不了。"还往厨房瞄了一眼。

"爸,你和我妈小时候也像我这样?"

"那当然,小孩子嘛,都差不多。"我爸脱口而出,还摸了一下我的头。

"差不多是什么意思?"我追着问,我实在想象不出他俩小时候是什么样子。

我爸往后坐坐,再挺一下腰板,说:"不做功课啦?问这么多。"他打断了我的问话,看得出,他提高了警觉。

我不死心,望一下厨房,然后低声问:"爸,你说我

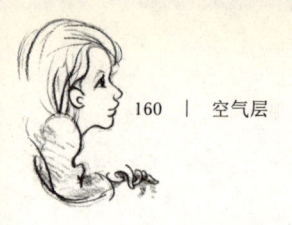

妈小时候有没有绰号啊?"

"绰号?"我爸看一下厨房,忍不住偷笑,说,"有这个可能。"然后朝我凑过身,轻声问,"你是不是有什么重要情报?"

我赶紧摇头,坚决否认。

"看着像有!"我爸语气肯定,还对我穷追不舍。看他兴奋的样子,好像非得从我这儿挖出点什么来。

"你俩在密谋什么?"我妈背着双手站在了我们身后,犹如天降。

我有些发蒙,还有些做贼心虚。我慌忙端起小茶杯,说:"什么密谋,在喝茶呢!"我将老六堡喝下肚。

这口茶像一个盖子,将"大头"两字扣进喉咙里。

"快说吧,耽误写作业,可别赖我。"我妈条理清晰。

我爸趁机起哄说:"说吧,说吧,说完了好做作业。"

我怕给自己找麻烦,就冲我爸嚷:"我有什么好说的!"然后,就起身要溜。

我妈轻轻将我摁回椅子。

我爸干脆出卖我说:"就是你妈的绰号嘛!有什么大不了的。"

"我的绰号?"我妈看看我和我爸,然后,我妈将手掌盖住我的头,说,"怪不得吃饭的时候老是瞅我。说吧,给我起了什么绰号?"

我爸连连点头。

我瞪一眼我爸。看来不说不行了。我吞吞吐吐地说出"大头"二字。

"大头?"我妈条件反射地望一眼餐厅的镜子,"我头哪儿大了?"我妈明显有点光火。

我爸居然没取笑我妈,只是怔怔的,这让我有点意外。

为平息我妈的火气,我赶紧说:"你不记得小时候的绰号了?"

"小时候的绰号?"我妈看了我一会儿,然后有些得意地说,"小时候谁敢给我取绰号!"

这话倒像我妈的风格。我看着我妈,我妈瞪着我说:"我可不是那个大头,我也不知道谁是大头。"

难道?我和我妈不约而同地看向我爸。

我爸连连摆手道:"不是我,真不是我。别乱猜。"

"不是你,还会是谁?"我没想到故事自己往前跑了。

我妈来劲了,说:"原来你爸小时候还有这么个绰号!"

"谁是大头啦!"我爸极力挣脱。

"不是我妈,就剩你了。你快告诉我吧,那天要去哪儿,想干啥?"我逼问他。

我爸说搞不懂我在说什么,我就追问道:"那天明明都说好了的,为什么又跑了呢?"

我爸脱口道:"我还想知道呢!"

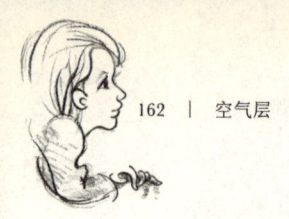

我和我妈都愣住了。

我再问我爸,他又不肯说了。

我只好拿出《草疯子》,打开它。我爸从椅子上弹起来,凑上来看。

我爸慢慢拿起字条,愣愣地看了好一会儿,似乎又回到了当年,然后说:"这是我写给大头的。"

原来大头另有其人。这再次出乎我的意料。我有些失望,好比一个有趣的人,已经走近你,却突然转身离开,留一个背影给你。

我妈看了字条,笑着嚷嚷:"你爸被那个大头甩了,气得够呛呀!你瞧这字写得。"又冲着我爸说:"气成这样,还写什么字条,直接问他得了。"

"笑够了?你以为别人都跟你似的。"我爸气呼呼地对着我妈,又说,"当时我……我气糊涂了,不想理他可以吧!我也不想还他书,当然连字条也没给!"

我爸不是大头,但他是大头的小伙伴。我很兴奋,说:"后来有没有问他,那天为啥先……"我说到一半,看着我爸就住了口。

我爸虎着脸,然后说:"问了,不肯说。"

听了这话,我都觉得憋屈。但我还是不甘心,又问:"你们那天说好要去哪儿了吗?"

我爸自言自语:"大头不够意思,说好——"他看我一眼,嘴角似乎带着笑意,"不说了,这是秘密。"

不管我和我妈怎么逼他,他就是不说。我只好问:"为啥要给大头起这个绰号?"

我爸两眼放光,就像回到了儿时,说:"给他起这个绰号,是说他总是很快就能想出些新奇的东西,玩法也不一样。"

我爸的话证实了我的猜测。我赶紧说:"那我们去找他。"

我妈插话道:"哎哟,大头都你爸这个岁数了。"

听了这话,我爸皱皱眉,表示不满。我也很失望。我爸又宽慰我:"总不能不让他长大吧!"

经他这一说,倒好像大头是我的玩伴。

他俩说得都没错,我想。虽然有点莫名的可惜,但至少今晚是个有趣的夜晚。

这以后,生活还是一如往常,又似乎有了些许不同。就说吃完饭吧,我和爸妈多半会聊上一会儿,而且,我们常常提到大头;甚至我都做作业了,还听到他俩聊得兴致勃勃。那个大头简直成了我们家不存在的存在。到了后来,我发现我们聊着的大头好像不完全是原来的那个了。也不一定非得是原来的那个呀!

我妈一般不进屋打扰我学习。我放心地自言自语:"我要是能跟大头一起去——"

我妈端了核桃露进来,我爸紧接着出现。

"不做作业啦!"我学我爸的口气。

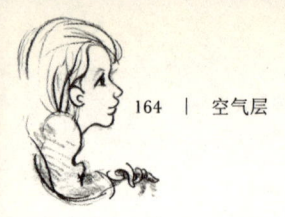

"去做什么？说来听听。"我爸凑近问，他偷听了我的话。

"不告诉你，这是秘密。"我笑笑，做我的作业。

我爸没辙，自顾自说："我非猜出来不可。"

我妈看看窗外，嘀咕道："天太黑了，云都躲起来了。"

哦，比"棉花"好点。我偷笑。

云怎么会躲起来呢？它来来去去，却一直都在，不过是你看不见而已。就像那个大头，他其实一直都在，而我们只是重新遇见了他。

我想起那天看到的"云船"和"船"上的"孩子"。说不定"船"上坐着的正是大头呢，我愉快地想。

盛夏密码

在遇到他之前,真不明白我为什么叫盛夏。盛夏好像跟我一点关系也没有。

盛夏的时候,好像人人脑袋上都冒着热气。平时班里最有趣的末儿嗓门越来越亮了;丛子呢,话多得就跟桌上的书似的,摞成堆了,挺烦人的!就连慢条斯理的宁老师都加快了语速,还用大手掌配合着揉搓我的脑瓜。

"盛夏呀,你的作文怎么老让我摸不着头脑啊!"

你不正摸着嘛!我想笑。

"我都说了一百遍了,写之前得把时间、地点、事情、人物都捋清楚。"为了加倍提醒我,他还揪揪我一小撮头发。

"写之前你要仔细想想啊!"宁老师一边说着,一边激动地点着自己的太阳穴。

我仔细想了呀,就是不知道写什么好啊!我心想。望着脑门上冒着汗的宁老师,真想说点让他高兴的话,但我还是说不出口。

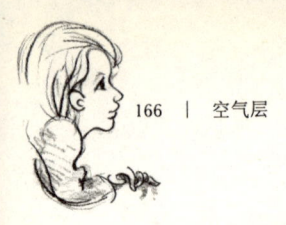

　　我的脑袋运转还算正常,只是一旦紧张,就会口吃,所以就干脆什么也不说。这样,我在别人眼里总是慢吞吞的,即使在艳阳高照的盛夏,我也没有什么变化。这在别人看来我就是个怪人吧!

　　丛子没少笑话我,末儿却护着我,我听见她对丛子说:"盛夏可不像你话篓子似的,他总是在想一些既神秘又奇特的事情呢!"是吗?我倒真渴望能碰到神秘又奇特的事情,先讲给末儿他们听,再把它写下来,让宁老师高兴。

　　我不能肯定,遇见他算不算是这样的事情。不过,我自己倒是觉得很神秘,也很奇特。这件事像一只猫爪,老在脑子里挠我。终于,我忍不住将它讲给了末儿和丛子听。他们张得像瓶盖的嘴巴,让我完全忘记了口吃,我几乎流利地讲完了我遇到他的整个经过。

　　我感觉盛夏的热力真的钻进了我的身体,让我全身的血液都奔跑起来。我好像突然有了解开盛夏和许多个盛夏的密码。我觉得叫盛夏是很有意思的,在遇到他之前,我还以为叫盛夏的只有我一个呢!

　　他就像变戏法似的站在了我的面前。那天也许是在一个农庄,当时的我注意力全在一只鹅上。那只鹅在阳光下白得愈发耀眼,我走近它是想多看两眼。我想到它或许会被什么人买去做成烧鹅,心里就难过起来。那只鹅见我向它走去,却做出进攻的姿态凶巴巴地朝我跑来。我听说鹅是看家护院的，想到它的主人有一天会卖了它，我心里更难过了。

"也许没那么糟糕。"他似乎知道我在想什么。

我身旁突然冒出一位高个小伙。奇怪，刚才明明就是我一个人呀！我心里嘀咕。"你是谁？"我问。

"你猜猜看。"他笑着看着我，好像跟我很熟的样子。

见鬼！我又不认识你。不过，我还是仔细地对着他的脸瞧了一会儿，想不出他是谁。他还是冲着我微笑，也不说话。我发现他长得有点像我爸，可我压根儿就没有小叔叔呀！

见我迷糊，他弯下腰，冲我眨眨眼，说："十几年以后你就长我这样。"

"凭什么呀！"我叫。不过心里倒是觉得他长长的脸挺帅气的，而我的脸实在太圆了。

他是我遇到过的最神奇的人！他说的话一次次地让我惊呆。在他说出自己的名字前，我甚至想，他会不会也姓盛？果然，他说他姓盛。他还说，他叫盛夏。真够骇人的！没想到，他又接着说，他是十多年以后的我。

啊？我遇到了我自己？我险些惊倒。我听到自己在喊："怎么可能！"

不一会儿，我就跟中了邪似的"呵呵呵呵"笑了起来，身体也不由自主地跳起抽筋舞，停也停不下来。我感到腋下一阵奇痒。我发现他正挠着他自己的腋下，逗趣地

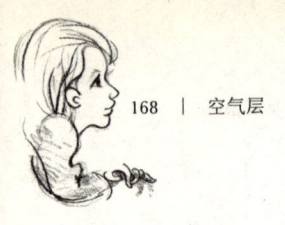

看着我。

"这回该信了吧!"他得意地说。

我感觉自己就像那只鹅,被他拎着脖子,只能无奈地望着他。好在没过多久,我对他的好奇心占了上风。我急切地想知道,以后的我会是怎样的呢?

"你工作了吧?"我很老到地问,因为这个年龄不都上班嘛。我也只能称他为"你"。

他点点头。

我又问:"你是做动漫设计师吗?"

没想到他摇摇头,这让我很失望。我一直想着以后能像宫崎骏那样做有趣的动漫。既然不是,我就没兴趣问他学什么做什么了。他却硬要告诉我,大学学的是船舶设计。

"不是说好要学动漫的吗?"我盯着他问。

"学船舶多有意思啊!我跟你说……"

我本来不打算听的,可是他越说越起劲,我慢慢地也听得入了迷,觉得学船舶设计也蛮有意思的。只是心里还是有点难受,难道长大以后就完全是另一个样子了吗?

我看着他高高的个子、帅帅的神情,总算有点安慰。

看我不再起劲地问他,他就说:"爸老了许多,妈的身体也不怎么好,我大学毕业,他们又送我去国外读了两年。奶奶——"他停顿了一下,说:"奶奶已经不在了。"我的鼻子发酸,他的眼眶也红了。

我们都不吭声。

过了一会儿，我说："我一会儿就去看奶奶，再带些水果糖。"

他摸摸我的脑袋，点了点头。

哎！原来人长大的时候，好多事不是想怎样就会怎样的。我这么想着，好像全被他知道了。

他像哄小孩似的对我说："嗨！长大有什么不好的。你可以知道很多小时候不知道的事情呀，还可以去很多你想去的地方，还能认识很多新朋友哦！"说着，他使劲搂了我一下，像是要把他的话也摁进我的身体里。

见我还是情绪不高，他故意压低声音问我："你知道我现在最好的朋友是谁？"

"谁呀？"我顺口问。

"丛子！怎么样，这下高兴了吧？"

"啊？丛子？为什么是他呀！"真没想到。我又说："他就是一个话篓子，你不烦啊？"

"话多的人有趣呀！跟他在一起，我轻松得很，口吃早就没有了！"

这倒不错，看来丛子话多也不是坏事。

我在对末儿和丛子说他的事情时，特意对着丛子说了这一段，他听了后，激动地和我抱了好一会儿。

而那些和末儿有关的事情，我偷偷跳了过去，没有对他俩说。因为他告诉我，末儿高中就转走了，后来也没有

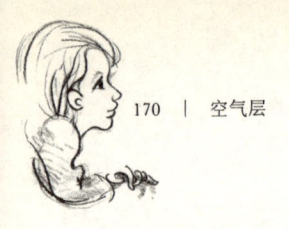

什么联系。我听了很难过,他便安慰我,说他这就去打听末儿的下落。

他还对我提到一件事,是一件过些日子就会发生的有趣的事,还说这件事和我、末儿还有丛子都有关系。我刚一出口,末儿和丛子便不停地追问我,看得出他俩挺着迷的。我没有告诉他们到底是什么事情,因为我自己也不知道。其实我也很好奇,那天还追问了他好半天,而他怎么都不肯透露。他只说:"说出来就没意思了!但我保证,这是一件很有趣的事情,你绝对想不到!"

到底是什么好玩的事情?我们得一直想着猜着盼着,直到它发生。

至于末儿转学的事,我以后也不打算说了,我不想让大家心里难受。我只是装着没事儿似的偷偷问她,老家在哪里?会不会去别的地方读书?还要她保证这保证那的。我想努力些,也许能改变什么也说不定呢!好多还没发生的事,难道就没有别的可能吗?

末儿倒是没有多想,她只是觉得好笑,说:"我走到哪儿去呀?你倒给我说个好玩的地方。"然后,她一本正经地提醒我说:"盛夏,我看你还是赶紧操心一下你自己吧!这两周的作文——哎,你可以写你和他的事情呀!"

末儿的话坚定了我的想法,我正打算这么做呢!我激动地想着,这次作文一定要让宁老师满意。

可是当我想捋清时间、地点、人物、事件等作文要素时，我发现还是有难度啊！首先是地点，到底是哪里呢？事件嘛，也不是很完整。人物呢？除了我还是我。宁老师该不会又着急吧！嗨，顾不上了，写下来再说。

　　只有时间这一点，没能难倒我，我想象宁老师看见后会是啥表情，就忍不住想笑，因为我写的时候故意抽去了年月日。没想到写完之后，我惊讶地发现，我写的原来是一串盛夏密码——20130732。

纸风景

我是小包子。我妈和我哥原先叫我"小尾巴",我不喜欢,听上去就像我是多余的,后来他们就改叫小包子了。叫小包子多好呀,好像被捧在手心里护着,还热乎乎的、香香的,我喜欢!

我的家好大好大,大得都说不出它有多大了。我妈看我在屋子里乱窜,就抱起我说:"小包子啊,不是这房子太大,是你个子太小了。"

我是家中的老小,我妈总觉得我太乖,她常冲着我说:"小包子啊,要是能把你的乖分一半给你小弟(哥哥的小名)阿哥就好了。"其实小弟阿哥不知道有多好呢,就算他肚子饿着,也会把好吃的分给我。

我家里除了我妈、我哥和我之外还有我爸。我爸嘛,我还没见过,听说过年的时候会回来。

如果不下雨,吃完饭我们全家会出门散一小会儿步,这是我一天中最快乐的事。我妈和小弟阿哥对我可好了,他们给我戴上脖圈的时候总是说:"来,让我们系好安全带。"

现在你知道了,我是一只狗狗。小区的小朋友见到我会夸张地叫:"快看啊!多可爱的小狗狗。"也不管我愿不愿意,上来就摸我的头。我毛茸茸的是可爱,可是小弟阿哥汗津津的脑袋油亮油亮的,还圆不溜溜的,怎么没人摸呢?

哎,在大家眼里,我只是一只宠物。最糊涂的是,我把自己也当成了一只宠物。在家里,我总是在讨我妈和小弟阿哥的欢心,因为我想报答他们呀!我妈喊:"小包子,把我的皮夹拿来!""小包子,把柜子上的卫生纸拿来!""小包子,把你小弟阿哥的卷子拿来!"我妈无论叫我做什么,我都做得又快又好,可是小弟阿哥考得不算太好的卷子我就不想拿给我妈看了。有一天我妈发现了,她罚我站在客厅中央好好反省,我第一次见她怒气冲冲地对着我喊:"蓝包子!你知道自己的错吗?"我望着她。我妈接着说:"装无辜是吧?你和你小弟阿哥是一伙的!"不知道为什么,我妈骂了我,我并不生气。我站着反省的时候想明白了,我妈没有把我当宠物,她把我当成自己的孩子了。我站在客厅里,表面上耷拉着脑袋,心里美滋滋的。后来,我妈生气或假装生气的时候,都要叫我"蓝包子",和小弟阿哥一个姓。

我承认,刚开始我特别羡慕小弟阿哥,还偷偷嫉妒过他呢!那个时候我想,为什么小弟阿哥什么都有,我却什

么也没有；他每天好吃好喝的，我却总是挨饿，饿得都快没命了。我这么想，绝不是怨恨他，我只是心里有点难过。

我一直以为，我会过得越来越好，像小弟阿哥那样。可是有一天，小弟阿哥却抱着我说："小包子，我要像你一样就好了，整天无忧无虑的，多快活啊！"

我把小弟阿哥的话想来想去，想到了两个意思：一个意思是，我小包子现在已经过得很好了，连小弟阿哥都羡慕呢；还有一个意思是，小弟阿哥过得没有我想象的那么开心。

小弟阿哥每天一回家就坐在桌前做作业，可用功了。不过有时候，我看见他对着书本挠头，我也挺着急的。我在心里想，小弟阿哥不如画会儿画吧！因为我发现，比起做作业，小弟阿哥更喜欢画画。小弟阿哥不知怎么就猜到了我的想法，他真的偷偷画起画来。

小弟阿哥把画好的画拿给我和我妈看的时候，我们都愣住了。画上还有我呢！画上的我背对着趴在窗前看窗外的雨景。最特别的是，画中的雨是彩虹色的，好看极了。

小弟阿哥得意地说："小包子最爱在雨天看风景了！"还把脑袋凑近我，神秘兮兮地盯着我说："我知道小包子最不喜欢雨天，一下雨，它就在窗口发呆，哎！外面玩不成喽！"说完，小弟阿哥又朝我做了个鬼脸，说："我倒不讨厌下雨，至少不用跑步啦！"

小弟阿哥手里的包子不是扔给我的，是他蹲下身递给我的。

我知道小弟阿哥在逗我，我也知道小弟阿哥说得没错。下雨了，还怎么出去玩？玩不成还能高兴吗？小弟阿哥当然喜欢下雨啦，他人胖，怕上体育课嘛！

不过雨天的时候，我心里其实是很难受的，它让我想起那两天的雨。

那场雨好大呀！下到第二天还没有停。风像张着口的狮子要把我吞掉似的。那时候我还不叫小包子，我也不知道我叫什么。我只记得妈妈让我躲在树丛里，等着她找到吃的再回来。我和妈妈都已经饿得不行了，她是实在没办法才冒着大雨去找吃的。我们是没有家的狗，饿的时候还不知道吃的在哪里、有没有。哪像小弟阿哥，饿了回家就有吃的，等不及买点也行。

我在树丛里等了很久，妈妈一直没有回来。我又冷又饿，浑身都湿淋淋的。我看见我妈紧紧搂着小弟阿哥从我身边走过去。我妈背着小弟阿哥的大书包，撑着伞，小弟阿哥边走边吃着东西。那时候我还不认识他们。我想象小弟阿哥吃着的是热乎乎的包子。我这么想，是想让身子暖和一些，没想到，感觉更冷了。我从树丛里跑出来，跟在他们后面。他们发现了我，停下来，我也站住了。我知道我的样子很难看，肚子瘪瘪的，被雨淋得像只落汤鸡。小弟阿哥没有笑话我，他把手里才咬了两口的包子都给了我。我还记得，小弟阿哥手里的包子不是扔给我的，是他蹲下身递给我的。这是我吃过的最好吃的包子了。吃完

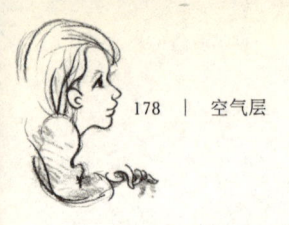

后，我忘了藏身的地方，就一直跟着他们。

后来嘛，我就成了小包子了。

小弟阿哥好像看出我有心事，他摸摸我的头说："小包子，没想到还有这样的雨吧？这雨暖着呢！"说完，就走开了，没看我的脸。我也不想让他看见我的眼睛。听了小弟阿哥的话，我的眼睛有点模糊，我发现小弟阿哥其实是知道下雨的时候我为什么趴在窗台上。

我妈好像也很喜欢这张画，她没说什么就把画拿走了。

说来也怪，到了雨天，再想起那场大雨，我就会想起小弟阿哥画的这张雨的风景画，想到像彩虹一样的雨，我真的感觉不那么冷了。而且我还知道了，原来心里的愿望是可以画出来的。

我爸快回来的时候，我妈把小弟阿哥的画镶到镜框里，挂在了客厅的墙上。我每天看着它，心里别提有多高兴了。我还把心里最大的愿望藏在了画里，我想，这样我的愿望很快就能成真呢！

我一个人的时候，就盯着画看，在心里说：妈妈，还记得我吗？我现在是小包子了。我过得很好，你呢？我多想再见到你啊！

后记

童年是珍贵的，也是短暂的。它像风筝，随一阵风呼啦啦就奔向高空与远方。

我们总是记得童年的快乐和幸福，也忘不了那曾经的寂寞和忧伤。童年给我们的太多太多。长大后我们会知道，童年的"我"依旧与我们相伴，时不时就触碰一下长大了的我们。我们也终于懂得要感谢和温柔地抚慰那童年里的"我"。

我构思了这些故事中的人物，给他们取了名字。但我并不觉得他们陌生，好像早已认识。在我写作的时候，他们会纷纷跑出来，各就各位，争着要和我一起讲一个又一个的故事。每写完一个故事，我都和里面的人物做了朋友，和他们分享我的快乐和忧愁。不知道故事里有没有你认识的人或是他们的影子。还有，在你看完故事之后，如果有些人物留在了你的记忆里，或者哪个故事拨动了你的心弦，我都会很欣慰，觉得自己做了一件有意义的事情。我也希望与阅读此书的你成为朋友。

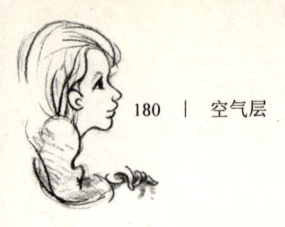

在此，我要真诚感谢为《空气层》的出版费尽心力的责任编辑乐渭琦，以及为本书精心插画设计封面的薛冰老师；还要非常感谢书法家白鹤先生的书名题字，为本书增添光彩。最后，特别感谢黄千惠对我整个创作过程的各项支持。

作者于二〇一九年十一月五日